JN014420

記憶の旅に栞紐（スピン）を挿み

まえがき

『墓を作るなら本を残せ』

その言葉がずっと心に引っかかっていました。

出版社のオンライン説明会でその言葉を聞いた時から、これまで想像もしていなかった世界が少しずつ開かれていくような感覚がありました。そこに進んでみるのも閉ざすのも私の選択です。私はその先を少し覗き見してみたくなりました。

これまでの私の人生にも、生きる方向を変えたきっかけが何度かありました。気づかないふりをして通り過ぎたことがほとんどでした。衝動に駆られて迷い込んだ道もありました。勇気を出してちょっと踏み出したら、思いがけない生活が待っていたことも僅かですがあったように思います。振り返れば歩んできた道すべてに愛着があります。どれもすべて私の宝です。あの言葉のその先が知りたくて、私は少しずつ自分のことを書き始めました。扉が、ゆっくり、ゆっくり開いていくようでした。

伊那谷に移り住んで

寝室の窓から今朝はモルゲンロートの中央アルプスが見えます。ただ眺めているだけで、満ちたりた気持ちになります。ここに移り住んで5年目の冬を迎えました。

「山はやはり冬がいいなあ」

独り言を囁(ささや)いている私がいました。

最近は起き上がろうか、それとももう少し毛布にくるまっていようか決心がつかず、ベッドでぐずぐずしている朝が続いています。でも、こんな時間もなかなかいいものです。

私にとって退職後には有り余る時間が待っていました。それもほとんど自分の時間です。何をしようか自分で決められるところが私には魅力です。しばらく布団の温もりと戯れながらやっと起き上がりました。

私たちがこの土地に小さな平屋を建てることを決めた時、とにかく早く引っ越す必要がありました。住宅ローンの返済計画に納得できれば、細かいことにはあまりこだわることはなかったように思います。

市の移住相談会で紹介された地元の建設会社を信頼して、ほとんどお任せ状態でした。担当者のほうがこれで本当に大丈夫だろうかと、心配してくれていたようでした。

確かに終の棲家を建てるには、少し急ぎすぎだったのでしょう。でも私たちには、私たちの事情があったのです。もちろん最低限、譲れないところもありました。それはバリアフリーの家であること、私たちの生活のスペースに加え娘が帰って来ることができる部屋を必ず確保することでした。それさえしっかり建設会社に伝わっていれば、後は何も心配しなかったような気がします。

私はここで暮らすようになってからほとんど毎朝、朝食の用意をする前に娘の部屋を覗きます。ピアノがぽつんとあるだけの部屋です。そのピアノの上に娘が描いた油絵を飾りました。壁には写真家星野道夫さんのパネルが掛けてあります。北極のカリブーが飛沫を上げて逆光のなか川を渡っています。

部屋の東側の窓からは、南アルプス仙丈ケ岳の優雅な姿が眺められます。その手前には、伊那富士と呼ばれている戸倉山も見えます。この部屋は我が家のご来光と月の出のビュースポットです。北側の窓には東伊那の里山が連なっています。その中心はすそ野を広げた高烏谷山（たかずや）です。晴れの日も雨の日も、こうして山のご機嫌を窺うことから毎日が始まります。

そうこうしていると、妻も起きだしてきました。

「今日はどう」

妻の声が近づいてきます。もちろん尋ねているのは私のことではなく、山の様子だということは分かっています。

「昨夜の雪で、さらに真っ白になった気がするよ」

私が呟くと、妻も杖の音をさせながら窓辺まで来ました。妻が病気になって下半身に障害が残ってからもう5年になります。

目次

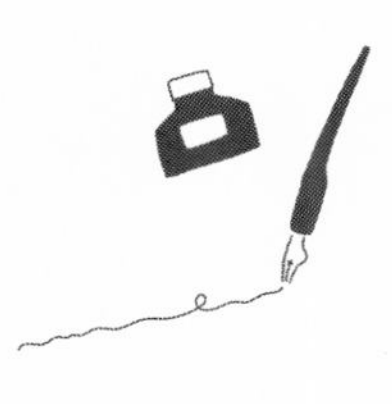

序章

突如変化した日常

――突然、妻が病気に――

名古屋第二赤十字病院救急救命センター（現在は日本赤十字社愛知医療センター名古屋第二病院）

妻が突然の病魔に襲われた頃、妻は障害者共同生活援助事業所でパートの生活支援員として働いていました。その日、勤務時間中に両足の力が抜けていくような感覚に襲われ、気分も悪くなってきたようで早退してきました。今まで経験したことがなかったような違和感が全身にあり、その先の勤務を続けるのが無理な状態だったと後で話してくれました。

私は幸いその日、自宅にいました。

「足に力が入らなくって何だか嫌な気分だけど、ちょっと休めばきっと治るよ」

妻は気丈にそう言い残して2階の寝室に向かいました。階段を上がるのがきつそうでした。

「手を貸そうか」

普段はそんな言葉をかけたこともない私も、さすがにその姿を目にして少し心配になりました。

「大丈夫」

妻は階段の手すりにつかまり、一人で上がっていきました。私もそんな妻の言葉を聞いて、少し横になっていれば治まるだろうと思いなおし、気持ちもちょっと落ち着きました。

その夜、真夜中すぎのことです。

「何だか足がおかしい。力が抜けて足の感覚がなくなっていくような気がする」

妻が緊張した声で私を起こしました。部屋の灯りをつけると、かなり辛そうな様子です。

「救急車を呼ぼうか」

これまでこんなことはなかったので、私も不安になりました。

「朝までなら、何とか我慢できると思う。朝になったら整形外科に連れて行ってくれる」

その言葉とは裏腹に妻の不安な気持ちが、私にも強く伝わります。妻は自分の気持ちをしっかり持とうと、我慢し耐えている様子でした。私はその緊迫した状況にすっかり目も覚めました。このままでは、もっと深刻な状態になってしまうと心配が増すばかりでした。そう思うともう迷いも何もなく急いで救急車を呼びました。

サイレンが近づいてきて、我が家のちょっと先でその音が消えます。すこしの間をおいて、救急車のスタッフがインターホンから呼びかけてきました。妻はその時もう足の力が抜けたような状態で、抱きかかえられて救急車に乗り込んでいきました。私はそんな場面になってもまだ何が起こっているのか、起ころうとしているのか、しっかり理解できていなかったように思います。気持ちは高ぶり慌てるばかりでした。娘も異常を感じて起きてきました。事情を話して留守を頼み、私も救急車に同乗し病院に向かいました。

救急車内では行先が決まるまでに、結構時間がかかったように記憶しています。それでも実際は10分くらいだったかもしれません。妻は人工呼吸器を付けられていました。苦しそうでした。ようやく搬送先が決まり、またサイレンが鳴り響きました。名古屋第二赤十字病院（現在は日本赤十字社愛知医療センター名古屋第二病院）救急救命センターに運ばれ、当直の若い女医さんが懸命に検査や処置をしてくださいました。それでも原因がはっきりと分からず病名も特定できません。搬送されてから数時間過ぎても、そんな状態が続いていました。私は待合室の椅子に座って心配しているだけでした。もちろん処置室に入ることもできません。

夜が明け、院内も少しずつ慌ただしくなり、当直医から脳神経内科の医師に引き継ぎがなされました。それからまた、かなり時間が過ぎた頃担当医に呼ばれました。

「脊髄梗塞の可能性を疑って、検査をしているところです」

と告げられました。

「症状がこれ以上悪化しないよう検査と並行して処置もしています。また、入院の手配もしていますのでご安心ください」

私は脳梗塞という病名は聞いたことがありましたが、脊髄梗塞は初めて聞きました。検査と処置は昼頃まで続きました。その途中で娘に電話して安心させようとしましたが、私のほうが動揺していたのでしょう。電話の向こうから伝わってくる心配そうな気配は、変わらないままでした。

病室が確保でき救急治療室から入院病棟に移りました。やや落ち着いたところで、あらためて担当医から詳しい説明がありました。

「この病気は症例も少なく原因も不明です。現在、有効な治療法もありません」

最初にその言葉を聞いた時、私はそれをしっかり理解し受け止めることができなかったように思います。担当医の言葉が流れていくのを、呆然と黙ってただただ耳を傾けようと努力しているだけでした。

「病気を治す方法はなく下半身には障害が残ります。寝たきりか良くなったとしても、車椅子の生活になることを考えておいてください。症状が落ち着いたらリハビリを中心にして、生活の質をできるだけ落とさないような方法を考えていくことになります」

担当医の淡々とした説明は、かえって妻の置かれた状況の厳しさを宣言されたように感じました。私は妻にはしっかりと治療に専念してもらって、少しでも前のような生活ができるようになってほしいと願うだけでした。しかしそれは、全く根拠のない現実とかけ離れた希望でしかありませんでした。妻のためにはどんなことでもしてあげたい、何でも協力するという決意というか、意気込みだけが空回りしていたような私でした。

第1章

試行錯誤の毎日

――リハビリ・介護生活から現在まで――

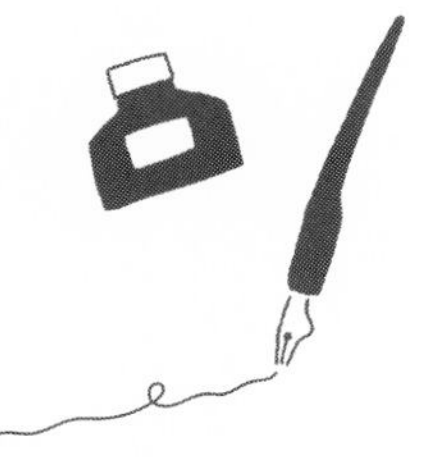

在宅復帰のためリハビリ専門病院へ

救急指定病院で妻は緊急入院から3週間にわたって急性期治療を受けました。そして引き続き在宅復帰をめざして、在宅療養支援病院に転院することになりました。救急指定病院で退院手続きを済ませて、手配してあった民間の福祉タクシーに二人して乗り込みました。妻は車椅子に全身を固定され、ワイヤーで車の中へ引き上げられ、私は妻が動かないよう乗車中もずっと支えていました。運転手の手際の良さには感心しました。こういう需要もきっと多いのだろうと、私は初めての体験をしながら思いました。

その頃私たちは名古屋市内に住んでいました。転院先は、自宅から最寄りの地下鉄とＪＲを乗り継ぎ岐阜駅まで向かいます。岐阜駅からは病院のバスを利用して、自宅から2時間ほどのところに病院はありました。病室は広く、大きな窓からは遠くに伊吹山、付近には広々とした田園風景が眺められます。自宅の近くにも立派な病院はありましたが、街中よりも山が見渡せるような風景のところがいいという妻の希望を叶えたかったので、県外ではありましたがその病院を選びました。それには救急指定病院の担当医から言われた言葉が、決め手だったかもしれません。

「ご本人は、この病気になってとてもショックを抱えています。ご家族の見舞いなどを考えるとできるだけ近くのほうが都合はいいのですが、患者さんの希望を受け止めてあげることも今後の治療には大切になります。お二人でよく話し合って決めてください」

私たちにとっては患者に寄り添うあたたかなアドバイスでした。

転院生活もやや落ち着いた頃、介護用品を買い集めて見舞いに出かけたある日のことです。私はその年の8月に定年にはやや早い退職をしていました。同じ年の2月には母親が100歳の天寿を全うして亡くなっていました。その9月末に突然脊髄梗塞になった妻に付き添うための時間を、最優先させることに悩むことは何もありません。私は定期券を購入し、ほとんど毎日のように病院に通っていました。その日も通勤のように朝から病院通いでした。

「もうすぐリハビリの時間になるから一緒に見に行く?」

転院してはじめて、妻がリハビリの様子を見学して欲しそうに言葉をかけてきました。私はきっと、ここでの生活がいい方向で進んでいるのだろうと何となく安心です。訓練室に入ると多くの患者さんが、スタッフとマンツーマンで体を動かしていました。妻は両足の上部まで装具を装着し、理学療法士に後ろから抱えられるようにして歩行訓練をしています。妻の脱力した足は、理学療法士が妻の体を左右に振り回すようにしないと前に動かすことができません。そんな光景を目の当たりにして本当に衝撃でした。この先どうなってしまうのだろう、どうしたらいいのだろうと、ネガティブな方向に想像がどんどん進んでいきます。先ほど病室で、妻から感じたささやかな安心感は見事に消えていきました。

入院も2か月ほど過ぎた頃です。その年ももう年末を迎えていました。病院から退院を見据えて今後の予定について話がありました。年を越して春先に退院の予定です。妻はロフストランド杖といって前腕部まで使って体を支持する補助器具を用いた歩行訓練で、自力歩行できるまでになっていました。また車椅子で院外にリハビリスタッフと出かけることもあると話していました。リハビリは若いスタッフの活気ある雰囲気の中、いつも元気につつまれていると喜んでいました。私にも何かすることはないだろうか。希望を共にすることができるような共通の目標を持ちたいと、私も退院後の生活についてあれこれ思い巡らしていました。お互いが手探りで気持ちを確かめ合い、考えていることを伝え合う日々の始まりです。私にはこれまでにはなかった新鮮な夫婦関係でした。

数日後、岐阜駅前の旅行会社の店頭に並んでいたパンフレットスタンドに目が留まりました。そこからいくつか抜き取り病室に持っていきました。リハビリが大変そうだと聞いていたので、気晴らしにでもなればいいと考えていました。もし可能なら退院後に二人でどこか旅行に出かけたいという期待も微かにありました。その数日後、今度は妻が遠慮がちに話しかけてきました。

「クルーズのパンフレットがあったら、いつでもいいから貰ってきて」

休憩室の雑誌か病室のテレビを観て、何か思うことがあったのかもしれません。次の日に、いくつかパンフレットを抱えていきました。実際に出かけることはないでしょうが、想像しているだけでも楽しい時間になればいいと。

深刻なのにどこか呑気な私たちでしたが、退院後の暮らしについて問題も抱えていました。その頃私たちは、親が残してくれた一戸建てをアパートに建て替えその一室に住んでいました。その隣の敷地に親が所有する賃貸アパートがあったこともあって、老後の生活に備えて収入を少しでも確保したいと考えていました。賃貸アパート経営で、それがかなうかもしれないという淡い期待を抱いていた頃です。一戸建ても子育て中はありがたかったのですが、子どもたちも独立してしまうと持て余し気味でした。シンプルな生活への憧れもあり5室のアパートを建てその一室をメゾネットタイプにして、そこで暮らしていました。まさか妻が車椅子生活になることまでは見通せません。車椅子の生活を想像し始めると、生活の不便さのほうが目立ってきました。

私たちは子育て中から、老後は二人で気に入ったところで暮らしたいとずっと話していて、それなりに準備はしていました。それもあって、この機会に実現できたらいいという考えもありました。理学療法士や作業療法士も、当時の自宅の状況を私が撮った写真で検討し、また実際に訪問し親身にアドバイスしてくれました。

「改築しても暮らせないことはないけど、バリアフリーの家がかなうなら生活の質はずっと良くなります」

確かにそうですが、改築費や新築費を用意できるかという問題がありました。自己所有とはいえアパートなので、実際に改築が難しかったこともあります。私たちにはちょっと贅沢でしたが、それならいっそ新築を考えてみようということになりました。方向が決まったので次は実際にどうするかです。

土地を探して新築できるかどうか検討しました。最初は退院後のリハビリ通院もあり、やはり住み慣れた名古屋周辺を考えましたが土地代が問題でした。年齢を考えるとこの先、高額の住宅ローンを組むことはありえません。病院の近くも当たってみましたが、それでもまだ坪単価に手が届きません。そんな時、土地が買えるところへ移住するという選択肢があることに気づきました。これまでにも単純な移住への憧れがずっとあって、長野県や山梨県に足を運んだことを思い出しました。

移住の可能性について二人で話し合っている時、妻が何気なく駒ケ根という地名を口にしました。それが、その先の方向を決めていくことになりました。駒ケ根市のホームページで調べると、移住相談会が定期的に開かれています。近日中にもあると知り、早速連絡して現地に出かけました。妻は伊那谷の空の広さと明るさを思い出していたら、その地名が出てきたと言っていました。実は病気になる数日前、娘と一緒に家族３人で出かけた木曽駒ケ岳からの帰り、宿泊していたホテルの年配のスタッフにこの辺りでちょっと立ち寄っていける場所を尋ねたことがありました。

「陣馬形山ならキャンプ場もあるし、中央アルプスの素晴らしい景色が一望できる。いいところだよ」

地元の人らしく、ちょっと誇らしげに教えてくれました。そこに向かったのですが途中で道が分からなくなり、結局そこには辿り着けませんでした。それでもその時のドライブで感じた風景が、妻の記憶のどこかに残っていたのでしょう。

移住者相談会での現地見学を終え、病室に持ち帰った資料を広げ作戦会議をしました。ああでもない、こうでもないと楽しかった時間でした。私たちの決め手は妻がここを気に入っていたということはもちろんですが、やはり何といっても土地の値段でした。今まで検討していた住宅地の坪単価と比べて10分の1は魅力です。建築候補地は市の分譲地に決めました。妻はすでにGoogle mapで調べていて、ここにしたいと区画まで決めていました。それまで一緒に住んでいた娘は仕事の関係で一人暮らしになりますが、私たちの移住を応援してくれました。話は徐々に進んでいき年末には建設会社も決まり、市との土地の購入手続きも始まりました。

生活の変化に戸惑う毎日

私たちにとって大波乱の年は終わりました。妻は年末年始もずっと病院暮らしでした。年が明け子どもたちも孫を連れて見舞いに来てくれました。幼子を抱いて幸せそうな妻の顔が今も心に残っています。

年始早々から、急に退院に向けてあわただしい日々が始まりました。年末に妻と決めた土地の購入手続きは終わっていましたが、代金の支払いがまだ残っていました。自家用車がなかったので寒冷地仕様の軽自動車を買うことにしました。何度も移住先に足を運び、建設会社と間取りや設備などの打ち合わせを重ねました。キッチンや浴室の設備、内装、外壁、屋根などの決め事が続きました。娘も一緒に同行し母親の考えを設計者に伝えてくれてとても助かりました。地鎮祭にも妻の代わりに立ち会ってくれました。建設会社の方が私に「若い奥さんだね」と言ったと話したら、娘はぷんぷん怒っていました。今では懐かしい思い出です。

病院では退院後の生活を見据えた公共バスの乗車体験を、リハビリスタッフが計画してくれたのもこの頃でした。当日は理学療法士、作業療法士の二人が付き添ってくれました。私も付き添いましたが、妻はバスのステップの段差に戸惑い乗車中も緊張の連続でした。急遽、現地で決まったエスカレーターの利用体験は、本当に怖かったと後で話してくれました。

退院が近づいてきたある日、私たち二人で病室を出て散歩しながらランチをしてきたこともありました。またリハビリスタッフが、美容院に出かける機会も計画してくれました。妻にとって何か月ぶりかの美容院は、さすがに嬉しかったようです。転院当初から退院までずっと担当してくれた理学療法士、作業療法士の二人には、感謝の言葉しかありません。若いのに本当に親身になって、私たちを支えてくれました。

退院前の外泊もリハビリの計画に組まれていました。妻には４か月ぶりの我が家でした。車椅子を用意しなければなりませんが購入先もよく分からず、役所に相談して車椅子センターで借りることにしました。この時に借りて実際に使ったことが、その後購入する時には役に立ちました。

月が替わって退院に向けたカンファレンスがあり、退院日をいつにするか都合を聞かれた時、二人とも可能なら翌日ということで思いが一致しました。私は妻の退院の日、『素晴らしい朝、次のはじまり』と日記に綴ってから、大急ぎで病院に迎えに行きました。

退院後は自宅の生活に慣れるのに、少し時間がかかりそうでした。それでも私たちには、もう何も焦ることはありません。のんびりやっていこうと思っていました。

後に知ったことですが、妻は自分からあれこれ要求すると、私に負担や迷惑をかけてしまうのではないかという気兼ねがあったようです。逆に私は、妻の考えや希望を聞きながら支えていきたいという気持ちだったので、後にそのずれがお互いの関係をぎくしゃくさせてしまったこともありました。妻の性格や気持ちは良く分かっているつもりでしたが、本当はあまり理解していなかったと思います。あれから5年以上たっても、そんな場面が時々あります。言い争いを仕掛け八つ当たりするのはいつも私のほうです。まだまだ、障害のある妻と一緒に暮らす生活に慣れていないのか、感情をコントロールできない我が身を思い知らされます。障害がある妻という見方というか、こだわりから抜け出せない私がいます。

そんな右往左往の生活をしながらですが、入院中に二人で決めたクルーズに申し込んだり、近くの公園に出かけ歩行のリハビリに付き合ったりして、一緒の時間を過ごすことが増えました。学生の頃、最初のデートは愛知県の三河湾に突き出た知多半島でした。そこにもう一度あの頃のようにドライブしようと誘い、懐かしい歌を聴きながらずっと海を眺めていたこともありました。

転居までの期間、移住先には宿泊を兼ねて2回ほど来ました。建築会社が着工式を催し、そこで建築に関わる大工さんや職人の皆さんと一堂に会し、挨拶させてもらったこともいい思い出です。妻もこの計らいはとても喜んでいました。市役所主催の移住者の会にも参加しました。移り住む前に自治会が同じになる皆さんとテーブルを囲んで顔見知りになれたことが、こちらに来てからのご近所付き合いに繋がっています。

家族でずっと暮らした場所を後にして

移住は、私にとっては60代半ばまで暮らしてきた故郷から初めての転居でした。私にはそのこともありましたが、それより夫婦として家族として

暮らした30年間のほうに深い感慨がありました。

　もう独立していますが3人の子どもたちの実家がなくなるということが、何より辛かったことを覚えています。最近はどこにいても私たちのいるところが実家だとみんな思ってくれています。子どもたちも自分の家族を持ち、そこが彼らのかけがえのない実家になっていくのだろうと思えば何となく落ち着きます。

　引っ越すまでの数か月は、ダイニングをパーテーションで区切った一角に妻のベッドを置きました。そこがトイレにもっとも近かったからです。脊髄梗塞になり下半身に障害が残ったということは、歩けなくなったということだけにとどまらず下半身全体の神経組織がダメージを受けたということでした。両足の皮膚感覚も弱くなってしまいました。熱いとか冷たいとかが曖昧のようです。皮膚を擦(さす)ると紙やすりで撫でられたような気持ち悪さがあると話してくれたこともあります。尿意や便意もほとんど感じないようです。時間を見て、定期的にトイレに行くことが欠かせません。そのためトイレは、なるべく行きやすいところがいいのです。とにかく自分で思うように動き回ることができないということは、精神的にも本当に辛そうです。

冬の寒さが少し和らいだ頃から、二人で近くの公園に出かけ、歩く時間を持つようにしました。退院前に病院のリハビリで、私も一緒にマスターした歩行訓練を兼ねて気分転換の外出です。前腕部まであるロフストランド杖を右手に、左手は私が支えながら手を引いて歩きます。これまで手を繋いで歩くということは、ほとんどなかった私たちでした。何だか照れくさいのと、嬉しさが入り混じった妙な気持ちでした。リハビリの専門家なら心得ているのでしょうが、補助して歩くというのは私には至難の業でした。お互い動きがチグハグで、二人ともぎこちない歩き方をしていたと思います。私より妻のほうが、もっとストレスだったはずです。何度も転倒させてしまいました。時には私のミスに自分自身素直になれず、妻を責める言葉を投げつけたこともありました。自分の時間を犠牲にしてリハビリにつき合っているのだから、あれこれ言う前に感謝してもらいたいという身勝手な思い上がりが強かったのです。さらにそんな状況に落ち込むと不機嫌な状態をコントロールできず、そのことにまたイライラしていました。

引っ越しの日も決まり、新しい生活に必要な家具などを揃え荷造りも始まりました。私には本の整理が大変でした。アパートで暮らすことになってからずっと段ボールに入れてあった本を、すべて持っていくことはできません。移住先の平屋では、それほどのスペースを確保できませんでした。処分しなければなりません。ほとんど小説ですがそれぞれに思い出があり、整理は思うようにはかどりません。

そこで私は、この著者の本とは離れられないなという気持ちを区別の基準にすることにしました。人生を共にし、いろいろな影響を受けた作家の本を優先しました。

私が高校生の頃からずっと一緒に生きてきたと勝手に思い込んでいる五

木寛之さんの本は２００冊以上ありました。星野道夫さんの写真集やエッセイは、すべて私の大切な思い出です。どれも手放すことなんてできません。その他にも作業を進めていると、どうしても手放せない本が出てきてしまいます。文庫本でも読み終えるのに苦労した『罪と罰』『戦争と平和』『資本論』だけは残しました。逢坂剛さんのイベリアシリーズ、春江一也さんのプラハ・ベルリン・ウィーン、関野吉晴さんの『我々は何処に行くのか』、倉本聰さんの『北の国から』全巻、山崎豊子さんの『沈まぬ太陽』に、鎌田實さんのエッセイ、そして創刊号からずっと買っていたバスケットボールの雑誌『ダンクシュート』やサッカーの雑誌、ビートルズやブルース・スプリングスティーン、エリック・クラプトンの伝記など。これから先、例えページを繰ることがなくても手放すことはできませんでした。何日もかけてようやく整理し終わった時には、段ボール20箱以上になっていました。妻を説得して、何とか引っ越し荷物に入れさせてもらいました。その他レコード盤やＣＤ、ＤＶＤ、ＶＨＳも選択に悩みましたが、ほとんど引っ越し荷物に忍ばせました。それに比べて妻は、服や靴、着物までほとんど処分してしまいました。

「もう着られなくなったから、いらない」

妻の秘めた覚悟でもあるかのような潔さが忘れられません。

明日への思い出作り　クルーズ、引っ越し、温泉巡り

これまで海外旅行は長男が小学生の頃に、家族でNBAバスケットボール観戦のためにアメリカに出かけました。次男と私でセリエAサッカー観戦ツアーに参加し、イタリアを訪れたこともあります。妻が結婚前からあこがれていたスイスにも娘と一緒の旅をしました。息子たちに勧められ台

湾に二人で出かけたことも、今となってはいい思い出です。『千と千尋の神隠し』の舞台となった九份(きゅうふん)の坂道は、多分もう再び訪れることはできないでしょう。ネパールヒマラヤへは、登山家大谷映芳さんが主宰するＮＰＯのツアーで出かけました。

病気になってから海外旅行は無理だと思っていましたが、妻のクルーズへのあこがれをついに実現する機会が来ました。船旅は乗船してしまえば、大きなスーツケースを旅先々に持ち運ぶこともありません。事前に船に直接送りつけることも出来ました。クルーズを励みに病院でのリハビリを頑張っていると囁かれると、思い切って予約を入れるしかありませんでした。あまり考えすぎると実現できない理由ばかり浮かんでくるので、いい加減とは思いますがいつも何か決断する時はこれしかないのです。娘にも一緒に行ってくれるように頼みました。クルーズの旅は初めてでしたが、妻は車椅子での不自由さをあまり感じなかったようでした。食事にも満足し船内のショーなど毎晩あり、楽しく過ごせました。また、鹿児島と韓国では車椅子持参で下船して、地元の雰囲気や食を楽しむこともできました。

クルーズから帰ったその月末が引っ越しです。その日まで、最後の準備が続きました。

私たちの引っ越しトラックが出発していきました。妻は、大学を卒業すると埼玉県で教職に就きました。その旅立ちの引っ越しを手伝ったことを思い出しました。それから2年後に教職を離れて私と結婚することになり、二人で暮らすために借りたアパートに引っ越してきました。その時は小型トラックをレンタルして、弟にも手伝ってもらい迎えに行きました。その弟も、もう亡くなってずいぶんたちます。そんなことを思い出しながらトラックを見送っていました。

トラックが見えなくなると、我が家の戸締りを済ませ私たちも出発しました。その日の夜はあちこちに積まれた段ボールの隙間に座り込み、床に弁当やビールを並べた夕食でした。それも懐かしい思い出です。翌日から、ずっと慌ただしい日が続いていきました。ご近所への挨拶、荷物の片づけ、家具の取り付けやシャワーチェアなど介護用品の手配、市役所での手続きやら、病院に紹介状を持参して受診を引き継ぐことなどがありました。

2週間ほどで一通りのことは済ませ、少し落ち着くことができました。温泉でも行こうかと話し合っていましたが、どこに行けばいいのかあてもありません。車椅子でも大丈夫なのだろうか。ネットで調べたり直接問い合わせたりして、ようやく自宅から車で30～40分くらいのところにある『みのわ温泉ながた荘』に出かけることにしました。せっかく行くのに温泉に入れないのでは楽しみも半減ですが、幸いここには貸し切りの家族風呂がありました。付き添ってなら入浴できそうなので、挑戦することにしました。ナトリウム炭酸水素塩泉は、つるつるすべすべで体に優しく浸み込んでいくようでした。引っ越しの疲れも緊張も一気にほぐれていきました。温泉に入るのは難しいと思っていた妻にとっては、これなら大丈夫だと分かり嬉しかったようです。この引っ越し直後の温泉体験は、その後、信州各地の温泉地を巡る旅の始まりでした。候補地を探し下調べをすることも楽しみになりました。

茅野市の蓼科親湯温泉は、結婚前二人で一緒に旅行した思い出の地です。信州に移住してまだ地理関係がしっかり分かっていませんでしたが、40年以上前のささやかな記憶を手繰り寄せ、もう一度訪れることにしました。若い頃は茅野駅からバスで温泉に向かった記憶がありますが、途中の景色も旅館の様子も当時の面影は残っていません。風景は全く変わっても、あの頃のなごりはどこかにかすかに漂っているようでした。白樺湖や諏訪湖では懐かしさに何度も取り囲まれました。

最近では当たり前かもしれませんが多くの温泉やホテルでは、車椅子でも不自由なく宿泊でき楽しめることが分かりました。車椅子も、ほとんどどこのホテルでも備え付けてあります。入浴に必要な補助備品も用意されています。客室もレストランもその他エントランスやロビーなど、車椅子でも気持ちよく利用できます。駐車場も細かなことを言えばきりはありませんが、車椅子専用スペースがあり便利に利用しています。一般の車両が止まっていることも、ほとんど見かけません。住み慣れていくうちに分かってきたことですが、これは宿泊施設だけでなく公共のホールや美術館、博物館などでも同じようでした。以前暮らしていた場所での何十年間よりももっと多く、コンサートや観劇そして美術館に出かけるようになりました。交通渋滞や人込みへの気遣いもなく、ストレスフリーで楽しんでいます。もちろん信州だけではなく、全国どこでもバリアフリーが当たり前になってきているのでしょう。移り住んできた私たちにとっては、地元がまるごと観光地です。地元で少し足を延ばして楽しんでいます。まだまだ知らない所や、行ってみたい場所ばかりです。それどころか何度も訪れて、顔なじみになったところも増えてきました。

ここ伊那谷に移り住んできた頃、この場所に決めた理由をよく聞かれました。

「妻が病気になる数日前に、娘と3人で木曽駒ケ岳に観光で訪れたことがきっかけです」

私は、ほとんどセリフのようにそう答えていました。

その2017年9月24日の日記に「千畳敷までは家族で、その先は一人で歩いてみた。木曽駒ケ岳には一度来てみたかった。頂上からは御嶽や乗鞍、八ヶ岳、振り返ると南アルプスが一望できた。もう30年以上前に読んだ新田次郎の『聖職の碑』を思い出していた。帰ったらもう一度読んでみようと思う」

と書いていました。

この旅行より十数年前、一緒にボランティア活動していた若い仲間が、我が家に大きなリュックサックを背負って泊まりに来たことがあります。私がどこの帰りなのか興味気に尋ねると、彼は登山家の顔をして嬉しそうに答えてくれました。

「木曽駒ケ岳に登ってキャンプしてきました」

その時の印象的な若者の笑顔が記憶に残っています。今、彼は樵（きこり）を生業にして暮らしています。忘れられない若者です。その木曽駒ケ岳に家族で遊びにきて、その４日後に突然、妻が病気になりました。

いのちの囁き

我が家の庭は、ご近所の方に頂いた木々で賑やかです。メンバー紹介をします。

紅と白が可憐なハナミズキ、優雅に実るムラサキシキブ、はなやかに咲き集うヤマブキ、小さな白い花が風に揺れるユキヤナギ、朽ちることのない赤い実が誇らしげな南天、紅葉をひときわ華やかに装うニシキギ、春の小さな白い花は目立たなくとも、秋にはピンクの実から赤い種がつり下がり風情溢れるマユミ、春先に黄金色に燃える上がるレンギョウなど、たくさんの木々が近くの別荘の庭からやってきました。近隣に立ち並ぶ住宅の中で、わずかですが別荘としている方もいます。移り住んで初めの頃、「もしよかったら、庭の木を差し上げましょうか」と声をかけていただきました。我が家の庭木のほぼ半分が、その方の庭からお嫁入りしてきました。

妻が好きなトビシマカンゾウ、ヤマツツジ、岩百合はもう誰も住まなくなった佐渡島の妻の実家の種や苗木から育ちました。

オレガノ、ルッコラ、アップルミントは、ハーブガーデンの女性が掘り上げてくださいました。秋にはその方に頂いたコスモスも、こぼれ種で毎年咲きます。

安曇野ヒメバラは、素敵な洋館のご婦人から剪定枝を頂き、挿し木で育てました。

純白の幹と青空のコントラストが心和ます白樺、波のような葉が涼しげなソヨゴ、電力王福沢桃介がドイツから苗を持ち帰り、ここ伊那谷から権兵衛峠を越えた先の木曽の発電所から始まったと言われる花桃。紅、白、桃色の花が1本の木に咲き競っています。初めて目にした時は、その不思議さに心魅かれました。気品のあるリラ（ライラック）など、庭に植えたくて購入した樹木もあります。ちょっと植えすぎですが、一年中いのちを感じさせてくれるみんな我が家の大切な家族です。いのちと言えば、庭の一角に小さな家庭菜園があります。育てるのが簡単だと、地元の方から教えてもらって小松菜の種を蒔きました。芽が出て育ち始めた頃、間引きをして片隅に寄せておきました。風に吹き飛ばされそうな細く弱い芽たちが、数日してまた根付き立ち上がっていました。何と生命力のあることかと感激させられたことがあります。我が家では、この話題で何度も盛り上がっています。

農家の方から頂いたネギも、保存のため土を寄せておくと起き上がってきます。そんな場面に今まで遭遇したことのない私たちは、野菜たちの生きざまと生命力に教えられ励まされています。

ある日の夕方のことです。庭で木々と遊んでいると、何やら人の声が聞こえてきました。移住してきて3回目の秋でした。キッチンの窓から囁きが漏れてきます。妻の声でした。何か聞いてはいけないような雰囲気がありましたが、確かめたい気持ちも強く知らず知らずのうちに窓の下まで来ていました。

「どうして、こんな病気になってしまったんだろう。動くのが鈍い私がいけないから、怒鳴られても仕方がないけど。あんなふうに言われると本当に悲しくなる。私だって、一生懸命に努力しているんだよ。分かってほしいとは思わないけど、いつも上から目線で怒鳴らないでほしい。いろいろ迷惑かけているし、家事もほとんどやってもらっているかもしれない。私だって、それでいいとは思ってないよ。本当に情けなくってしょうがないよ。どうして、こんな体になってしまったのだろう。これから、どうなっていくのだろう。考えれば考えるほど、この先怖い。生きていけるのかしら。生きていっていいのかしら」

私は洗濯も掃除も料理といった家事のほとんどを、これまで40年あまり妻に任せっきりでした。それにもかかわらず、これから先の何十年かを背負うことを負担に感じてしまうことがあります。そしてそれが積もり積もって感情的になってしまいます。声を荒げると、それがきっかけとなって一気にそれまでの不満が溢れだします。妻を傷つける言葉が止めどもなく出てきます。妻に障害があることは受け止めているつもりでも、ずっとソファに座っているだけの姿を見ていると、ついつい傷つける言葉を投げかけてしまいます。私にも気を使ってくれたっていいだろう、何か手伝ってくれてもいいだろうと感情が乱れます。ただ座っていることが、どれほど苦痛なのか想像できているつもりです。それでもそれを超えて、怒りが溢れ出てくることがあります。そんなことが何度もありました。妻の独り言は、私に人として夫として未熟さを突きつける出来事でした。あの時から妻を悲しませてしまうことが、なくなったとは決して言えません。これからも私は心の弱さや貧しさを何度も何度も思い知りながら、日々を過ごしていくのかもしれません。気がつくと何とも情けない年老いた男が、キッチンの窓を振り向きながらうろうろしていました。

試行錯誤しながら生活を見つめて

妻との距離感が良く分からず過度に手助けしてしまったり、その反動で極端に不親切になったりと夫婦関係が不安定なことが続きました。妻もリハビリの効果があって、体が少しずつ動くようになってきました。洗濯物

を干したり取り込んだり、料理やその後片付けをしてくることが増えてきました。

少し前のことに戻りますが、前の居住地では妻の障害者認定を取ったあたりから、医療としてのリハビリは打ち切りになりました。そのことについて社会福祉事務所から、『障害の状態が固定したので、今後は医療ではなく福祉の対象になる』という説明がありました。65歳未満でも介護認定を受けることができる特定疾患に、脊髄梗塞は含まれていません。介護認定の年齢はもう少し先だったので、障害者福祉で利用可能なリハビリの施設を探しました。しかし、本人の希望するような内容ではありませんでした。その後こちらに移り住んできて1年ほどは、医療、介護、障害者福祉のどの対象にもなりませんでした。自主トレではありませんが、自宅付近や近所の公園などを歩いて体力が失われないように心がけていました。

そんなある日、補装具の一部が壊れてしまい脊髄梗塞の経過観察で通っていた病院に相談したら、そこに入っている装具業者の方を紹介されました。連絡するとすぐに我が家まで来てくださって、応急処置をして相談にも乗ってもらいました。そのうえ、「リハビリについても希望があるなら諦めずに探してみたらどうですか」と助言してくださいました。妻の病気の経過観察ができる脳神経内科は居住地の病院にはなかったので、近隣の伊那中央病院を受診していました。しかし、リハビリは近くのほうが何かと都合がいいということで、地元の昭和伊南総合病院に連絡を取ってくださいました。思いもかけない道が開かれました。そこのリハビリ科の医師や理学療法士は、患者の気持ちをくんでそれに合わせた計画を検討し運動療法を進めています。機能が回復すればいいということではなく、何のためにどんな生活がしたいということが最初にあり、そのためにどういうリハビリをしたらいいかという話し合いをとても重視しています。妻もとても信頼して通院が楽しみなほどです。医療としてのリハビリをあきらめていた私たちとしては、それが再開でき生活まで支えてもらっていることに感謝しかありません。そんな妻のリハビリの頑張りを見ていて、私もジョギングや体操を始めました。信州は多くの自治体でマラソン大会を開催しています。まずは、地元のハーフマラソンを目標にトレーニングを始めました。妻の応援もあって5キロの部に参加しました。完走が目的だったので走り切れて大満足でした。その後、新型コロナウイルス感染症の影響で各地の大会が中止になりましたが、２０２２年には松本マラソンを完走することができました。完走と言っても最後は歩いてしまって、ふらふらのゴールでしたので納得はしていません。どこまで続けられるのか分かりませんが、楽しい限り走っていると思います。

若い頃からずっとやってみたいと思っていた絵画を、始めたのも移住してきてからです。水彩画は短期間ですが愛知教育大学が開催していた市民講座で、習ったことがあります。ここに移住して来てその風景に心魅かれ、画材を買ったら描くしかないだろうと環境を整えることから始めました。『天竜川を往く鹿の群れ』、『中央アルプスと空木岳』、『秋の里と新雪の仙丈ケ岳』、人物画、裸婦など思いつくがまま描いています。これから

〈著者作成〉
上　中央アルプスの麓にて
下　天竜川を往く鹿の群れ

も描きたい題材と出会いながら続けていくつもりです。

娘の部屋にはピアノがあります。彼女が祖母に買ってもらったこのピアノと雛人形は、私たちと一緒に引っ越して来ました。絶対に処分しないでとの娘の願いを、断る理由も勇気もありません。このピアノと遊ぶことも、いい気分転換になっています。弾く真似事程度ですが、時々妻が褒めてくれるのでいい気になって音を出しています。いつか『街角ピアノ』でデビューすることが目標です。

蕎麦打ち、しめ縄や縄綯（なわな）いは、地元の人たちと交流できる貴重な時間です。道具一式は、蕎麦打ちを卒業された地元の先輩から受け継ぎました。ちょっとした立派な道具だったので、周りの皆さんから蕎麦打ち名人と冷やかされ続けています。しめ縄や縄綯いは、地元のお祭りでも欠かせない伝承の技の一つですが、こちらでも綯える人が年々少なくなっているようです。年末になると各地区で高齢者から子どもまで参加して、しめ縄教室が開かれます。そこでも教える側が少なくなっています。公民館のしめ縄講座に誘われて参加したら、師匠養成講座だったので驚いたこともあります。そこで習ったことで手順はいくらか身につきました。地元の小学生たちと、一緒にしめ縄作りをする機会もありました。師走の貴重な経験になっています。5年生が育てたもち米をお礼にもらって、焼餅で食した味はいつまでも忘れられません。私たちの師匠は、隣町でわら細工を製造販売している南信州米俵保存会代表で、大相撲の土俵の俵も一手に引き受けています。全国の名だたる神社にもしめ縄を奉納するなど忙しい方ですが、地元の文化継承を大切に考え、私たちの手ほどきも熱心です。

地元の農家の皆さんとご一緒できる生産組合の仕事も、私にとっては、かけがえのない機会です。人生の先輩方のお話は、実に面白く含蓄に富んでいます。地元のことも、いろいろと教わりました。皆さんは組合の管理農地とは別に、ご自分でも野菜や果物を栽培していて、それを頂くことがあります。新鮮なので美味しいし、長持ちするので本当に重宝していきます。また、組合で生産し出荷した後に残った野菜を、持ち帰ることもできます。キャベツなどは収穫して野菜室の保存だけで、特別なことをしなくても2か月は食べられます。ネギは年末に収穫したものなら、翌春まで鮮度が失われません。こちらに来て、初めて知って驚くことばかりです。

伊那谷は、日照時間が長いので野菜や果物が本当に美味しいのです。葡萄は葡萄専業農家の年に一度の収穫祭の日に、林檎は近くの農家から廃果（といってもも抜群に優れモノですが）を、イチゴは組合のハウスに出向いて分けてもらっています。こんな買い方ができることが、おかげ（こちらの皆さんがよく使う言い方）です。食べ物のことや地元の皆さんのことを書き始めると、止まらなくなりそうですのでこのくらいにします。話がどんどんそれてしまいました。

こちらに来てから妻はリハビリが生活の中心ですが、図書館で毎週のように本を借りてきて読書する時間も増えました。最近は車椅子で書棚を回り、自分の好きな本をどんどん探しています。高いところにある本は手に取り辛そうです。それでも、図書館のスタッフが気づくと声をかけてくれます。推理小説を主に手当たり次第に読んでいます。

妻が信濃毎日新聞の1面コラムの書写を始めたのは、1年前からだったでしょうか。毎日、欠かさず切り抜いて専用ノートに書き写しています。590字のマスぴったりに収まるらしく、筆者の技量に感心して話してくれたことがあります。毎日違う話題を取り上げ、決まった文字数で伝えたいことをまとめているプロはさすがです。妻が庭を一人で歩く時間も増えました。最初の頃は付き添って歩いていましたが、この2年くらいは自分の好きな時間に歩いています。

妻の病気からお互いの関係が、前とは違ってきたように感じています。過度ないたわりがお節介になってしまうことや、気遣いや遠慮がかえってよそよそしく感じられてしまうこともあります。自分の時間を見つけながらそれを楽しむことで、もう一度、二人のちょうどいい距離感を見つける試行錯誤を続けています。

第2章

私が知っている妻のこと

二人が出会うまでの妻

小学生低学年の女の子が、澄まし顔で写っているモノクロ写真が1枚手元にあります。たぶん、それが、私の知っている妻のもっとも幼い頃の姿です。浴衣姿で、真ん丸顔のおでこを出した女の子が、唇を真一文字に結んで写っています。妻は昭和30年8月、新潟県の佐渡島で生まれました。現在の佐渡市鷲崎です。今はのんびりひっそりとした漁村ですが、当時はもっと賑やかだったようです。漁業で生活する人たちで賑わい、活気がありました。お盆の頃になると島外に出た人たちがお土産をいっぱい抱えて、フェリーで帰ってきます。船はまるで満員電車です。迎え火を焚いて

ご先祖様を迎えご馳走が並びます。小学校の校庭だったか漁業組合前の広場だったかで、地域のみんなが総出での盆踊りが開かれ笑い声が絶えません。久しぶりに集まった親戚、縁者で酒を酌み交わし、友人、幼馴染とは夜が更けるまで語り明かします。

　賑やかな夏の日もあっという間に過ぎていき、送り火を焚きご先祖様を海に見送る集落の長老たちの鐘音（かねのね）が、空高く響き渡っていきます。そして一人、また一人と日常生活に帰って、元通りの静かな漁村に戻っ

幼い頃の妻

ていきます。妻からお正月よりも、お盆のほうが賑やかだと聞いたことがあります。冬の日本海の荒波では、帰省することは難しかったかもしれません。

港には、漁船が重なり合うように停泊していたようです。今では漁師で生計を立てる人は少なくなりました。船外機を外された漁船が寂しそうに係留されています。

立派な堤防や岸壁がまだなかった頃は、自宅からちょっと歩くだけで浜に出ることができたと、妻が懐かしそうに話してくれたことを思い出します。友達とみんなでサヨリやフグの稚魚などを釣り、シタダメ貝や海苔を採ったりして遊んだ話も聞きました。私も後に、このシタダメ貝をよく食べました。新鮮な磯の香りがして美味しかったことを覚えています。巻貝なので、茹でて爪楊枝か何かでほじくりだして食べます。小さな貝なので手間はかかりますが、それがまた何とも言えずいいのです。生海苔も汁物に入れると香りが立ち、これも海辺でしか味わえない贅沢です。

こうして書き綴っていると、幼かった頃の妻の故郷の様子は微かに知っていますが、妻自身のことはほとんど知らないことに気づきました。どんな生活をしていたのだろうと今頃になって知りたくなりました。甘酒が好きだった女の子くらいしか知りません。家にあった甘酒の、ほんのり甘ったるい味を思い出すと言っていたことがあります。その話も、こちらに移住してきてから聞いたように思います。それがきっかけで、冬になると我が家では甘酒作りが始まりました。この辺りには、造り酒屋が身近にあるので酒粕が手に入ります。我が家では、酒粕ときび砂糖にハチミツを加えて作ります。1回で1リットルほど作りますがすぐなくなります。甘酒は飲む点滴とも言われているようで、我が家の常備薬です。信州は全国で2番目に多い蔵元があり、その数は80を超えるそうです。ほどんどの市町村にあるのではないかと思います。もちろん、日本酒好きには大歓迎です。私も妻も酒好きなので幸いです。

話が脱線しましたが、妻のことをよく知らないということは、本当のことです。突然聞くのもどうかと思いますので、いつか話の成り行きでそんな昔話をもっともっと聞いてみたいものです。

妻は中学校までは地元の集落で生活していました。その頃、海岸沿いにあった実家は姉夫婦が暮らすことになって、妻は両親と一緒に高台に引っ越しました。初めて定期バスが集落まで開通し、島の中心地である両津港との交通が便利になったのもこの頃です。それまでは、定期船が運航していました。

高校は両津市(現在の佐渡市)にあったので、下宿して通学していました。両津港付近が島内一の繁華街です。佐渡航路の定期フェリーが新潟から往復しています。港町には、温泉旅館や料理屋が立ち並び、商店街はお土産屋、お寿司屋、食堂、魚屋、居酒屋、お菓子屋、おもちゃ屋、本屋、パチンコ店など軒を連ねていました。妻は学校帰りにラーメン屋によく立ち寄ったと、その頃を思い出すように話していたこともあります。下宿は、遠い親戚にあたる人の世話になっていました。バトミントンのシャトルを追いかけ、食べることが好きだったという青春真っただ中の女子高校生の姿は、妻のアルバムに数枚残っているだけです。

大学進学は兄が高卒から働き始めたことと、島外に進学するなら下宿か寮生活になるかの選択肢しかなく、学費含めて両親に負担をかけることになり悩んだようです。それでも進学の希望が強く名古屋の福祉系大学を受験し、そこで4年間過ごすことになりました。

引っ越しには、父親がついてきてくれたと懐かしそうに話していた表情が忘れられません。妻の父親はその頃水産会社で働いていて、妻が大学の頃は釧路に仕事場がありました。学生の頃に一度遊びに出かけたことがあると、その思い出話は何度も聞かされました。親子水入らずの釧路の思い出を、妻は今も大切にしています。母親は気丈な女性でしたが、晩年は病気がちで入院暮らしが続きました。思えば私は、妻の父母への親孝行らしきことは何一つできませんでした。最期の姿は両親共に病院での見舞でした。言葉はなくとも「娘を頼む」という両親の声は、しっかり受け止めたような気がしています。しかし、その約束は未だ果たしたとはとても言い切れません。

出会い　学生時代

最初に妻に出会ったのは私の記憶では、学生の頃、私が唯一人並みに活動していたサークル活動でした。名古屋市が子ども会の年少リーダー講習のためのキャンプを実施していて、私たちはそのキャンプカウンセラーでした。市の児童福祉センターに併設された中央児童館に、サークルの拠点がありました。夏のキャンプの他に、中央児童館の子どもクラブの運営もしていました。

サークルのメンバーは私たちの大学の他に、もう一つの福祉系の大学と県立保育短大の３校から集まっていました。それぞれの大学で新入生の入学オリエンテーションが一段落ついた頃に、私たちのサークル活動が本格的に始まります。

その最初のイベントが新入生歓迎キャンプです。夏に子どもたちと過ごす名古屋市の子ども会キャンプ場が、岐阜県東濃地方の串原村にありました。平成の合併で現在は恵那市になっています。

新入生歓迎キャンプには、バスを手配し総勢40人ほどで現地に向かいました。

夏のキャンプ本番では各区の子どもたちはバスでキャンプインしますが、私たちは各大学のカリキュラムによって参加できるスケジュールが違うので、数人が集まって自動車に相乗りし、あるいは鉄道を利用して現地に向かいました。

名古屋駅から国鉄中央本線（現在はＪＲ中央本線）で恵那駅まで、そこで国鉄明知（あけち）線（現在は明知鉄道）に乗り換えて終点の明知駅（現在は明智駅）まで高原を揺られながら辿り着きます。途中には日本三大山城の一つであり女城主の逸話の残る岩村城や、のちに国の重要伝統的建造物群保存地区に指定された城下町のある岩村があります。

明智町は、あの戦国武将明智光秀の生誕の地といわれるところです。また大正時代を懐かしみ楽しむことができる日本大正村もあります。明知駅に着くとバスに乗り換えて、串原村の大平というバス停で下車し、キャンプ場までの里道を歩きます。こんにゃく畑や点在する民家、串原小中学校の校舎を眺めながら30分ほどのハイキングでした。運が良ければ、キャンプ場から仲間が迎えに来ることもありました。キャンプ場は、村のはずれの小高い山の稜線にありました。もう何十年も前に閉鎖されたと聞きましたが、今も懐かしい思い出に変わりはありません。

新入生歓迎キャンプでは、上級生がキャンプの楽しさを新入生に体験してもらうために、あれこれと趣向を凝らします。強引に参加を誘われた新入生もいるので、上級生にとってはサークルのその後の円滑な運営にとって一大イベントです。飯盒炊爨(はんごうすいさん)やテント設営はもちろん、キャンプファイヤー、ハイキングなどはありったけのパフォーマンスで新入生に楽しさを知ってもらいます。

そういったプログラムの一つに、サークルメンバーのキャンプネームを決めるミーティングがありました。ファイヤー場で車座になり、新入生が一人ひとりその真ん中に立ち、みんなであぁでもない、こうでもないと言いながら、キャンプネームを言い合いします。妻はアップルというキャンプネームに決まりました。決まると全員で「決定」と言って、片手でボランティアのＶ字型を切ります。その時が印象に残っている初めての妻の姿です。同じ大学の後輩だったので、その前にもサークル室やその他校内のどこかで会っていますが、意識したのはその時が初めてのような気がします。妻は女の子としては身長が高く、ジーパンがよく似合いセミロングの髪の清純な子でした。仲間や子どもたちと共にしたキャンプ生活やサークル活動は、私たち二人にとって懐かしい思い出です。

学生生活も終わりに近づくと、妻は、希望していた教員試験をめざしてかなり勉強していたようです。その頃はもう付き合っていました。妻の下宿にもよく遊びに行きました。夕飯を御馳走してくれたことも何度かあります。骨付きの唐揚げがとても美味しかったことが忘れられません。プロポーズしたのもこの頃でした。妻の下宿は2階建て民家の一室で、いつも帰り際に下まで見送りに来てくれました。その夜、下宿前の電信柱のそばに、いつものように駐車しておいたカローラに乗り込もうとドアに手をかけた時です。いつもは下宿の門のところで見送ってくれた妻が、その夜は車のそばまで来てくれていました。私は妻が就職で引っ越す前に、どうしても伝えたかった思いをずっと抱えていました。言い出すきっかけと勇気がいつもすれ違いでした。それが、その時一つになった気がしました。この時しかないと思い、妻の方に振り向きプロポーズをしました。頷いてくれたようでした。

妻にとっては大切な就職試験を控えた時期だったのに、よく付き合ってくれたと思います。それからしばらくして、埼玉県の教員採用試験に受かったと話してくれました。そして、その年の春先に引っ越しのトラックを見送りました。

教師を続けていたら

妻が教師をしていた頃のことは本当によく知りません。埼玉県川口市の中学校に赴任し、特殊学級（特別支援学級）の担任と家庭科を受け持っていたと聞いたことはあります。卓球の顧問も任されていて県下でも優秀な生徒がいたようで、県内や全国大会に付き添っていったことも話してくれま

した。

一度、横浜で会う約束をしたことがありました。ずっと離れていたせいか、ぎくしゃくしたデートでした。私は妻に我儘なことを言うばかりで自分勝手なことしか考えていなかったのに、妻は黙って後からついてきてくれました。イライラして早足で歩く私の後ろを、百メートル程離れてしまっても何も言わずついてきてくれた妻の姿を忘れることはできません。

手紙のやり取りは何度もありました。私が妻に手紙を出しても返事が届かない時は、自分勝手な想像がどんどん膨らんでいきました。今ならメールが瞬時に行き交い、きっと妻を困らせ煩わしい思いをさせたことでしょう。手紙は私にとって冷静さを取り戻す猶予期間を与えてくれました。あんな時代で良かったとつくづく思います。遠距離恋愛という言葉が今も残っているのかどうか知りませんが、長く長くて、そしてたったの2年間のことでした。

もし妻が私と結婚することなくその後も教師を続けていたら、どんな先生になっていたのかと思うことがあります。そういう可能性もあったわけで、そんなことを何度も思ったこともありました。

「先生を辞めてしまって、後悔したことはなかった？」

私は、何とも情けないことを妻に尋ねたことがあります。

「辞めてもいいかなと思っていた頃だったので、特に何とも思わなかった」

妻はさりげなくかわしてくれました。あんなに教職にあこがれていたのに、そんなことは決してないでしょう。そのことを思い返すたびに答えようがないことを聞いたものだと、自分に呆れるばかりです。妻は退職後も生徒たちと電話でよく話していました。また、手紙で相談に乗ったりすることもありました。慕われた先生だったと想像します。私には、生徒たちの大切な先生を奪ってしまったという気持ちがずっとありました。あのまま教職を続けていたらという選択もあったわけで、ふと、そんなことを考えてしまうことが度々あります。

妻として母として

私たちが結婚した1980年に、学生時代の男友達もみんな結婚式をしました。こういうことは連鎖反応するのでしょうか。私たちはその年の6月に結婚しましたので、友人の中では確か最初だったと思います。

1980年といえば印象的なのは、何といっても三浦友和さん、山口百恵さんの結婚です。国民的アイドルお二人の結婚までの経過はもちろん、百恵さんの芸能界引退という潔さや、武道館のファイナルステージで残したメッセージ、マイクを置き振り向くことなくステージを去る姿は同世代の心に残るワンシーンです。

私たちの新婚旅行は沖縄本島と石垣島でした。沖縄ハーバービューホテルやサンコースト石垣島（現在はANAインターコンチネンタル石垣リゾート）での、ホテルステイには思い出がいっぱいです。ハーバービューでは、二人とも初めてエスカルゴなるものを食べました。後にも先にもあの時だけです。琉球ガラスの美しさに魅かれ買ってきた水差しは、今も大切に使っています。妻にプレゼントした赤いサンゴのイヤリングと共に、思い出のお土産です。

サンコーストでは私は夕食でマテ

私たちの結婚式

ウスロゼを飲みすぎて酩酊(めいてい)状態になり、レストランの階段から転げ落ち外の芝生にぶっ倒れていました。怪我がなかったのが不思議です。あまり記憶が定かではないのですが、妻は私が戻ってこないので心細かったのかレストランのスタッフに伝言を残し、先に部屋に戻っていました。私はスタッフに声をかけられても虚ろな様子で、かなり時間がたってから部屋に戻りました。

沖縄にはこの10年ほど毎年出かけています。私たちにとって、ここも確かな故郷です。

結婚して次の年に長男、その2年後に次男、それから3年後に長女を授かりました。現在、長男は教師、次男は自動車メーカー勤務で、共に家族を支えています。長女は、金融業界でキャリアを積み重ねています。妻は3人の子どもを夫に任され、家事や育児に明け暮れた日々でした。私は児童養護施設に勤務していて、男性職員3人が交代で宿直勤務をしていました。そのうちの一人は施設長なので、私ともう一人にその役割が任され、月に約半分は夜間勤務でした。長男と次男がまだ幼かった頃、私が昼頃に出勤していくのをいつもベランダから手を振って見送ってくれました。「また来てね」という声を聴いてちょっと複雑な気持ちでした。でも妻は、そんな感傷に浸る時間さえなかっただろうと思います。

家族旅行にはよく出かけました。最初は父親から借りていたカローラバンを乗り回していました。初めて中古車を買ったのは20代後半で日産サニーでした。その後、新車を購入できるようになるまで10年近くかかっています。初めて買った新車は、これも日産のプレセアという車です。流れるようなスタイルが気に入っていましたが、10年ほどで生産終了になったようです。確か年末年始にかけて、家族で閑散とした東京にこの車で出かけたことがあります。その当時、勤務していた会社の契約保養所になっていた御殿山ガーデン・ホテルラフォーレ東京に泊まって年越しをしたことを思い出します。あの頃の年末年始の東京は場所によっては本当に静かでした。

勤務先には直営の保養所が、六甲山や奥飛騨温泉郷などにありよく利用しました。提携ホテルなどもあり、伊勢・志摩、浜名湖、八ヶ岳、長野松代、富山砺波、山中温泉、滋賀長浜、有馬温泉、熱海・熱川など、懐かしい思い出ばかりです。

妻の実家の佐渡島にも毎年のように帰省していました。子どもたちだけでお世話になったこともあります。こうして記憶力テストのように思い出しているとそれぞれ、その時々の映像が浮かんできます。

家族で旅行に出かけることができたのも、子どもたちが中学生頃まででした。まず長男が部活や友達との遊び優先で一緒に出掛けなくなり、他の子も後に続きます。家族が一緒に暮らす期間は、ほんの僅かなんだと気づいたのもこの頃です。私にとって家族は、未来永劫一緒だと思っていましたが、普通に考えればそんなはずはありません。一緒に過ごす日常生活から一人ひとり離れていき、いつか思い出の彼方に消えていく、そしてそれが当たり前のことだと気づかされました。家族みんなで旅行できるほんの僅かな時期に、それが出来て本当に良かったです。家族全員旅行好きが続いているのも、きっと、そのことが影響しているでしょう。旅行に関わらず大切な思い出は、それを残さなければいけない時があると思います。

子育てに手がかからなくなる頃から、妻もまた働き始めました。飲食店始め漬物屋などでパートとして働き、自分の時間が増えてくるようになると、老人介護施設や障害者就労支援介護サービス施設の職員になりました。大学で学んだことを、少しでも生かしたかったのだと思います。妻はフルタイムで働くようになると、家事との両立が大変になりました。それを知りながら夫として協力したか問われると、全く答える言葉がありません。近頃は夫婦で家事分担するのが常識ですが、私は当時でもたぶん許されない夫でした。

福祉関係の仕事に就いた妻はその必要性から社会福祉士の資格試験をめざして、通信制の専門学校で猛勉強を始めました。２０１５年に社会福祉士に合格し、専門学校も無事卒業しました。その2年後に妻はやっとつかみ取ったやりがいのある仕事から、病気によって退かなければならなくなりました。想像もしていなかったことと思います。

第3章

私が知っている私のこと

妻と出会う前

私は、昭和29年に愛知県愛知郡天白村で生まれました。天白川に沿って平地が開け、形もまちまちの水田が広がっています。飯田街道（国道153号線）沿いに集落や商店が集まり、人の往来や駆け回る子どもたちの姿が見えます。車もそんなに目立って走っている様子はありません。

ちょっと横道に入ると、牛の糞があちこちに落ちています。当時は田起こしや代掻きに牛を使っていました。私もそんな光景を覚えています。私の実家は、金物屋を営んでいました。創業した祖父が自転車の荷台に大きな籠をつけて、仕入れに出かけて行った姿を思い出します。祖父は名古屋の町中まで出かけ仕入れを済ました後、必ず饅頭やチョコレートなどをお土産に買ってきてくれました。

地元の商店街には八百屋、駄菓子屋、魚屋、酒屋、お茶屋、薬屋、呉服屋などが並んでいました。年末になると、くじ引きセールもあり賑やかでした。そういえば映画館もありました。椅子席ではなく土間に茣蓙（ござ）を敷いて映画を見ていた記憶があります。どんな映画だったのか覚えていませんが、祖母や母によく連れて行ってもらっていました。1枚のモノクロ写真があります。1歳頃の男

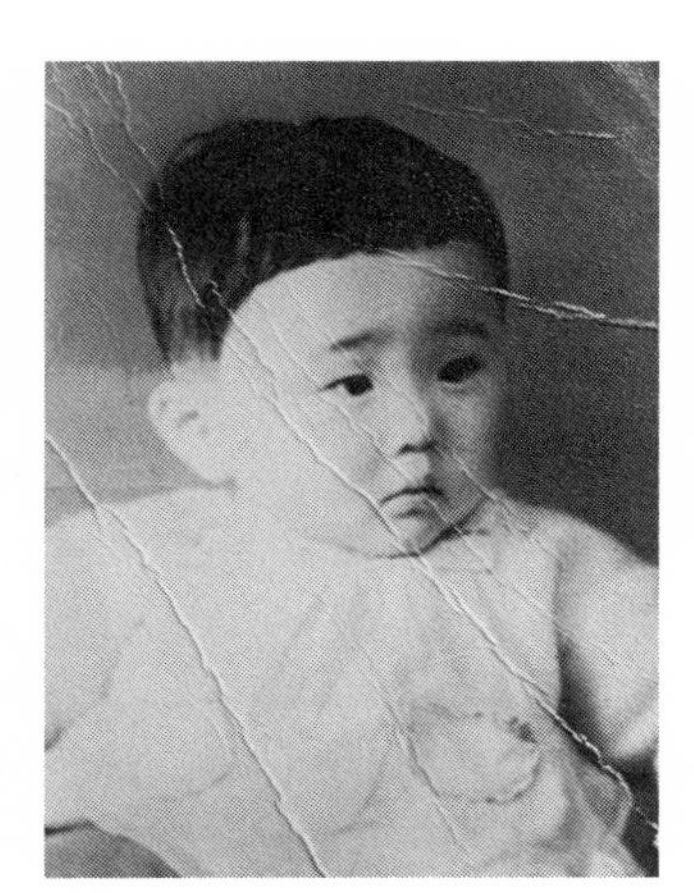

幼い頃の私

の子が、小さなポケットの付いているベビー服を着て、横を向いて座っています。ちょっと不満げなのか、訴えるような瞳で何かを見つめています。その写真を裏返すと古いアルバムに糊付けしてあったのを剝がした跡があり、名前が書き込んであります。私の名前に間違いありませんが姓が違います。どうして私の手元に、この写真があるのかしっかりした記憶がありません。

小学校の頃、誰かが私に『もらい子』と呟く声を聴いたことがあるような気がします。直接言われてはいないので、どんな状況だったのか定かではありません。

小学校3年生の頃でした。校庭の中庭で友達みんなと相撲をして遊んでいました。何人か勝ち抜いて、いつも互角の勝負をしている友達と当たりました。互角といっても彼はクラスでも学年でも一番強かったので、勝負ではほとんど負けていました。でも子ども心に勝負がつくまでは互角だという自信がありました。お互い力を認め合っていたことも事実です。その日も捨て身の振り回し投げで、同体取り直しと思った瞬間に記憶が飛びました。

記憶が戻ったのは友達数人に手や足を引っ張られて運ばれ、職員室の引き戸のレールが背中に当たった時です。そこからまた先の記憶はありません。再び気づいたのは、当時の小学校にあった宿直室に寝かされていた時でした。木枠の窓が開け放たれ、青空をぼっと眺めていました。相撲で倒れた時に、頭を大きな石にぶつけ気を失ったと後で知りました。広い空と漂う雲を見ながら横になっていると、だんだん気持ちが悪くなってきました。ちょうど先生が様子を見に来てくれたのと同時に、嘔吐し始めました。先生もただ事ではないと思われたのか、いったんは出ていかれましたがすぐ戻ってこられました。

「病院に連れていく」

先生は命令口調でした。その先生は『げんこつ先生』と呼ばれていて、私たち子どもからは怖がられていたのですが、それでなくても逆らえるような状況ではありません。嫌々、自転車の後ろに乗せられました。

「落ちないようにしがみついていろ」

先生は私の方を振り向くこともなく、きつく言われ病院に向かいました。

私は子どもの頃から病院嫌いでした。あの何とも言えない、何か出てきそうな雰囲気を好きになることなど無理でした。特にその病院は古い木造で、消毒薬や薬の混ざったような匂いが漂っていました。その当時でも寂れた病院です。夫婦でお医者をなさっていたのですが、子どもとしては強面なお医者さんに思われとても馴染めそうにありません。子どもたちの間では、あそこだけは嫌だという噂の病院でした。診察の結果は脳内出血で、それからひと月ほどの入院生活が始まりました。クラスのみんなが見舞いに来てくれ、寄せ書き、絵、工作などを持ってきて励ましてくれました。母親もずっと付き添ってくれていました。その母親に私は何を思ってか、突然、問いかけました。

「僕ってもらい子」

母親は慌てたような寂し気な顔をして私を見つめました。

「誰がそんなことを言ったの」

少し間があって、母親は残念そうな表情で聞き返しました。

その後、どんな会話になっていったのかよく覚えていません。そんな切り取ったような情景だけを覚えています。高校卒業が近づいて、戸籍を見る機会がありました。それまで薄々感じていたことが、文字でそこに書かれてありました。やっぱりそうだったのかということ以外に、何の感想も湧きませんでした。弟のほうが戸籍のことではショックだったようです。もちろん、その後のことを思い出しても、育ての両親にも生みの親にも良くしてもらった記憶しかありません。生みの親もよく知っている人でした。今ではもう会うこともできませんが、本当に感謝しかありません。

私にとって中学も高校生活も、友達と過ごした場面や部活の思い出しか浮かんできません。中学校では陸上部と野球部に入っていましたが、レギュラーになった記憶はありません。言い訳ですが一つのことを集中してやることが苦手というか、情熱を持って何かに向かうことに変に冷めていた中学生でした。

最初に異性を意識したのは、いつ頃のことだったのだろうと振り返ってみました。忙しく働いていた頃は、そんなこと考えてみたこともありません。最近は、過去のこともよく思い出します。やはり確実に歳を重ねているのでしょう。異性を好きになるというのは、どのようなことだったのだろうかと、おぼろげな記憶を手繰ってみます。

「僕の友達はみんな男の子だよ。女の子は、キャッキャとうるさくて好きじゃない」

保育園の頃は、もちろん性別の違う子が周りにいるということは知っていましたが、その程度です。小学校も中学校も部活中心で、女の子のことはほとんど思い出せません。印象に残っている女の子がいなかったということでもないですが、実際は、顔も名前も忘れています。女の子を好きになるよりも他に興味があることが、たくさんあったように思います。そんな子どもでした。

そういえば中学卒業間近の頃、同じクラスだった女の子にラブレターを書いたことがありました。それほど好きだったかというと曖昧です。かといって、悪戯（いたずら）ということでもなかったように思います。返事はあったのだろうか、あったような気もしますがはっきりしません。結局私の中では、高校生になって私なりに異性を意識しだしたというのが気持ちの中ではしっくりします。

高校時代はバス通学だったので、同じバスに心魅かれる女の子がいました。何だか嬉しくて、そんな時は体中にエネルギーが湧き上げてくるようでした。クラスの席替えで近くになると、そのことだけで気持ちがワクワクしました。異性として意識して女の子を見るようになったのは、やはり高校生になってからです。ちょっと、成熟するのが遅れていたような気もします。

高校1年生の頃、好きになった女の子がいました。授業中も夜寝てからも、ちょっとした時に彼女のことを思い出します。ちょっと活発で可愛い子でした。テニス部に入っていて成績もいつも上位でした。クラスでも中心的な存在で目立つ子でした。1年生の時は、遠くで見ているだけでも幸せな気持ちでした。学年が変わると、彼女とは別々のクラスになりました。

私はバレーボール部に熱中していきました。部員が少なかったこともありますが顧問の先生もいていないような部活だったので、同級生や上級生も一目置くメンバーの二人が、練習メニューやメンバーのポジションを決めていました。彼らは中学生の頃から同じ中学の同級生でした。部活で大活躍しバレーボールの名門校から特待生として誘われていたと聞いたことがあります。名門校でレギュラーを争うより部活を楽しみたいと、地元の高校を選んだと言っていました。顧問の先生は他校との練習試合の許可を学校から取る時と、対外試合の引率をしてもらう重要な存在でした。

レギュラーメンバーを組む時に、その二人が友達だった私をサブアタッカーに推してくれました。彼らの一人はもちろんエース、もう一人はセッターでキャプテンになっていました。そんなこともあって、中学生までと違って部活に熱中しました。

気になっていた女の子は、女子テニス部キャプテンになっていて、運動場のテニスコートで時々見かけました。どこで友達に広まったのか、私がその子のことに気があると噂になったことがあります。気を利かした彼女の友達が、私をテニス部の対外試合の応援に誘ってくれました。白いテニスウェア姿がまぶしかった残像は消えません。


同じ頃、私を好きになってくれた別の女の子がいました。小さく折りたたんだラブレターで告白されたことがありました。初めて男として認められたような、気恥ずかしさと嬉しさが混ざった気持ちでした。下校時一緒に彼女の家まで歩いて行った景色は、今もはっきり思い出すことができます。彼女が作ってくれたお菓子を放課後の教室でかじりながら、週番が回ってくるまで話し合っていたこともいい思い出です。色違いのビーズの指輪を二人でずっと薬指にしていました。一緒に撮った写真もまだ持っています。3年生を前にして、その後の進路を決めなければならない頃が来ました。クラス選択をどうするか二人でよく相談しましたが、結局別々のクラスを選ぶことになりました。私は理系、彼女は文系の進学コースでした。

3年生になると最初に好きになった女の子と、また同じクラスになりました。理系の進学コースだったので、女生徒は彼女を含めて数人でした。毎日、彼女が気になる日が始まりました。彼女の友達が合唱団の部長をしていて、彼女に文化祭に出演するために急遽、部員を増やしたいと頼んだそうです。私は彼女から、文化祭の合唱に誘われてすごく嬉しかったことを思い出します。合唱できるかどうかは二の次で、とにかく誘われたことで文化祭まで毎日充実した生活でした。

私たちの高校の文化祭ではダンスパーティがあり、その日はみんな楽しそうに踊っていました。私はそんな光景を眺めながら、みんなは何処でダンスなんか覚えたのだろうと、不思議がっているだけでした。周りに置かれた木製の椅子にただ座って、みんなの姿を見ていました。きっと羨ましそうな表情を満面に浮かべていたのかもしれません。男友達が二人近づいてきて、からかい気味に声をかけてきました。

「お前あの娘が好きなんだろう。ダンスに誘えよ」

しきりに、けしかけてきました。

「俺、踊り方も知らないし、ダンスは、ちょっと遠慮しとくよ」

私は動揺を見抜かれないように、目を合わすことなく言い返しました。

「最後はさあ。チークダンスだから、手握ってくっついてるだけでいいんだぜ。もうすぐ最後になっちゃうぞ」

友達はもう一人の友達に耳打ちすると二人で、私をどんどん彼女のほうへ引っ張っていきました。私は恥ずかしいやら、かっこ悪いやら大混乱していました。

「こいつが踊りたいって言ってるから、踊ってやってよ」

彼女が他の相手と踊っている前までやって来て、友達は勝手にどんどん話を進めていきます。

「別にいいよ。代わってくれる」

彼女は、相手にそう宣言すると私と向き合いました。

私はその声が信じられませんでした。聞き違いに違いありません。でも状況は私の思いとは違うようです。もう後戻りもできません。彼女の相手をしていた同級生も私の友達も、二人を残してさっさとどこかに行ってしまいました。どうしたらいいかも分からず、ただただ焦って突っ立っていると、彼女がちょっと戸惑いながらも右手を差し出して言いました。

「私の手を握って、もう片方の手は私の背中に回して」

しっかりした声で教えてくれました。

どんな音楽だったかもう覚えていませんが、スローなちょっと儚(はかな)いメロディが始まりました。もう周りのことは全く見えません。彼女の声がしました。

「ねえ、もうちょっと他のみんなのように動いてくれないかなあ。私が動くから合わせてきてね」

それから必死に彼女に迷惑にならないようにと、下ばかり見て足を動かしていきました。

時々彼女の足を踏んだり、バランスを崩して彼女の胸に微かにふれたりで、緊張の連続でした。ようやく曲が終わり手を離すと、手のひらはじっとりと汗ばんでいました。半袖のカッターシャツの背中にも、汗が流れていきました。

「暑いね」

彼女は苦笑いでした。

卒業が近づき、どうしても自分の思いを伝えたく彼女に電話をかけました。彼女にはその時、好きな子ができたという噂がありました。それならそれで邪魔をする気持ちはありませんが、好きだったということだけは伝えたいと強く思っていました。

「交際したいということではない、ただ気持ちを伝えたかったから電話した」という私に、彼女は電話の向こうで戸惑っていました。何と無意味で無責任な行動だったと、本当に後悔しています。ただ彼女を困らせただけでした。そんな電話ならすべきではなかったのです。

その後、卒業の日までよそよそしい関係が続きました。お互い気にして声をかけることを避けていました。後から友達に聞きましたが、その時彼女が好きだった相手はいなかったようで勝手に思い違いをしていました。「彼女から直接、聞いたことはなかったけど、可能性が高かったのはお前かもしれない」友達は笑って言いました。半分からかっているのは分かりました。

好きになってくれた子と好きになった子との思い出は、自分のことしか見えなかった私の未熟さだけを教えてくれました。高校時代のことです。

出会い　学生時代

私の学生時代は、振り返るとサークル活動と学生運動、麻雀、パチンコで遊んでいただけでした。真剣に勉学や活動に取り組んだ人には、何にも代えがたい時代と振り返ることができるのでしょうが、私にはそれほど熱い情熱を懸けた自覚もなく、ただ通り過ぎていった時間のようです。学生として、学問を追究したという印象も全くありません。卒業証書は探せばありますが、ゼミ論や卒論を書いた記憶もありません。そんなことを言うと、誰もがそんなことはないと否定します。でも、私にはそうとしか思えないのです。今振り返ると卒業できたのが不思議です。学問ということで

は、後悔ばかりの4年間でした。

大学に入学して2か月ほどは、不登校の毎日を過ごしていました。自分勝手な思い込みで、新しい環境に積極的に馴染もうとしませんでした。ぼんやりとした希望はありましたが、自宅からバスで30分ほどの通学さえ面倒でした。その割には、毎日退屈していました。

6月頃になってクラスゼミの代表になった同級生が、心配して連絡をくれました。せっかく声をかけてもらったのだから、ちょっと大学の様子でも探ってこようかと登校したのが最初でした。ゼミに顔を出すと、サークル活動にすでに参加している人や学生運動のメンバーから勧誘があり、急に慌ただしい毎日になりました。

学生会館には多くのサークルや学生自治会の部屋があり、おもちゃ箱をひっくり返したような有様でした。雑多という言葉そのものでした。何だか場違いな空間に迷い込んだという気分でしたが、活気だけは伝わってきました。

サークルには同じクラスゼミの女の子が熱心に誘ってくれて、何となく加入することになりました。学生運動には民青同盟のオッコさんという浅田美代子似の子に誘われました。私にはその子の学生運動や政治活動に対する熱い思いが新鮮でした。浅田美代子さんは、その頃の若者のアイドルでした。思い出せばオッコさんとは、ポリティカルでプラトニックな思い出が抱えきれないほどあります。

学生運動では、全学連の夜行列車、中央大学でのオルグ、代々木公園、新宿アーケード街、ビラ配り、選挙応援、授業料値上げ反対闘争、筑波大学法案反対などの文字が浮かんできます。興味本位に顔を出していたというと不謹慎ですが、どちらかといえばそうでした。私は、その頃、政治家では田中角栄と不破哲三に人間的な魅力を感じていました。自分の考えを、口角泡を飛ばして無理に人に押し付けるような人間は、あまり好きではありませんでした。例えそうであっても、その人の存在そのものが周りをひきつけ感化していくような人がどちらかといえば信用できます。思想とか主義主張も大切ですが、人への興味の方が強かったような気がします。そんな私は、学生運動にはあまり向いていなかったかもしれません。

サークル活動も熱中することもありましたが、どこかで冷めていたと思います。どんな活動をしてきたかということより、今となっては活動を共にした仲間が懐かしいだけかもしれません。数年前から同期のメンバーで集まっていましたが、ここ数年はコロナ禍で中断でした。いずれ再開したら、今度はどんな集まりになるのか楽しみです。一人暮らしになった仲間もいます。独居老人とか孤独死が、先に待ち構えているだけではどうも味気ありません。せっかくの仲間です。これからも会う機会があり、楽しさを分かち合えたらそれでいいです。

大学を卒業して、友人たちはそれぞれ就職先を決めていきました。私も神奈川県リハビリテーションセンターを受験し、一次試験を無事通過して余裕でいました。ところが、その後の面接試験で不合格になりました。リハビリテーションの専門職になっていたら、別の人生だったかもしれないと思っています。その当時は何となく目新しいことをやってみたいという程度だったので、面接官の方はそこをしっかり見抜いていたのでしょう。私は何かにつけて詰めの甘い人間のようです。卒業も間近だったので、慌てて学生課でまだ残っている採用試験を探し、東京都青梅市の児童養護施設の面接を受けました。幸いその場で内定を頂きました。やれやれと一息ついて過ごしていた数日後、その施設の事務の方から内定取り消しの連絡を受けました。退職予定者が継続して働くことになったとの説明でした。「その人も大変なんだなあ」と、何となく了解していました。それから2年間、就職浪人です。学生時代の後輩が心の支えでした。ピアノを教えてもらったことや、食事をご馳走になったことは忘れられません。思い出す度に感謝です。

夫として、父として家族の知らない出来事

私は大学を卒業してから2年ほどは就職浪人でした。自宅の自室にこもり本を読んで過ごしながら、それが退屈になるとぶらぶらと外に出かけてはあちこち歩き回っていました。近所でも知らない道や場所があります。少し足を延ばせばちょっとした冒険でした。世間から見れば、ちょっと危ないと思われていたのかもしれません。しかし、私にとっては至ってのんきな暮らしでした。両親から生活態度や将来のことについて、小言を言われたことも覚えていません。

そんな生活をしていた時、学生の頃のサークル活動で顔見知りだった中

央児童館の職員から連絡がありました。近くの児童養護施設で男性職員を募集しているので、面接に行ってみないかという内容でした。私が就職に失敗してぶらぶらしているのを、どこかで耳にされたのでしょう。まだ社会と繋がりがあったと思うと、ありがたく嬉しくもありました。その施設では3人の男性職員のうち二人が揃って退職したそうで、定員補充を急いでいるとのことでした。働く気持ちがあるなら、すぐにでも面接をお願いするがどうかと聞かれ、もちろん「お願いします」と答えました。

私は翌日に面接を受け、その場で採用になりました。児童養護施設は、保護者のいない子どもたちや、それぞれの事情で養護を必要としている子どもたちと一緒に生活をするところです。職員は保母（保育士）も男性職員（児童指導員）も住み込みでした。結婚してからは宿直明けに帰宅することができましたが、私にとっては二重生活のような状態でした。施設の子どもたちとの生活はもちろん大変なこともありましたが、楽しかったことも数え切れません。市内の養護施設が集う野球大会での優勝をめざして暗くなるまで練習したこと、海の家では中学生とキス釣りをして宿の庭で火をおこし焼いて食べたこと、みんなで出かけたキャンプでも楽しかったことしか思い出せません。そういえば子どもたちが学校で問題をおこし、保護者面談に呼び出されたこともありました。中学生がグループで施設を逃げ出し他県の警察から保護していると連絡があり、迎えに行ったことも思い出しました。そんなことがあっても私はその子らを我が子と同じように心配し、親身になって育てようとしていました。手がかかることを含めたら、我が子以上だったかもしれません。

8年ほど働いたある日、職員の部屋に幼い男の子が緊張した表情で、飛び込むように走りこんできました。

「お兄ちゃんがね。あのね。唇に色つけて、変な顔をしていてね。怖いから来て」

業務記録をつけていた私にちょっと怒ったような表情で訴えます。早く何とかしてほしいと一所懸命です。

その子の言うお兄ちゃんというのは、いつもやんちゃばかりしている中学生のことだとすぐ分かりました。小さい子ばかり虐めて困ったものだと思いながら、訴えてきた子の肩に両手を置いて言いました。

「後で叱っておくね」

「だめ。それじゃだめ。今すぐ来て。いっしょに来て」

その子は眼を大きく開いて、ますます真剣です。

「じゃあ、これが終わったらすぐ行こうね」

私は、事務仕事を気にしながら答えました。

「だめ、今。今すぐ」

その子は頑固に私を引っ張ります。その子に手をひっぱられて、仕方なく部屋を出て運動場に降りる階段のところまで来ました。

そこで異常な光景を目の前にして、私は思わず立ちすくみました。一見して、ただごとではない状況でした。心配そうにそのお兄ちゃんを、覗き込んでいる子も僅かにいましたが、他の子たちは普段通りボール遊びやそれぞれのことに夢中です。覗き込んでいた子も、すぐに駆け去っていきました。周りは普段通りなのに、そこは明らかに違った世界でした。お兄ちゃんは鉄棒にビニールテープを巻いて、自分の首を吊っていました。ゼイゼイと息苦しそうな呼吸をして、唇は紫色に変色し目は細く虚ろでした。

私は彼の首への負担を少しでも和らげなければいけないととっさに思い、彼を抱きかかえました。お兄ちゃんの体は脱力していて、通常の重さではありません。私は、必死に支えているだけでした。運動場でボールを蹴ってあそんでいた上級生の名前を大声で叫びました。数人がけげんな表情で駆け寄って来ました。

「職員室に行って、寮長先生を呼んできてくれ」

そこにいた職員は私だけでした。とにかく大人の助けが要ります。中学生たちは訳も分からず驚くばかりでした。

「早くしろ、この子が死んじゃうぞ」

私は、中学生たちを追い立てるように声を張り上げました。

私の剣幕に驚いて中学生の数人と小学生も何人か駆け出しました。

「ハサミがいる。ハサミも頼む」

私は走り出した子どもたちに向かって叫び続けていました。

寮長が来るまでが本当に長く感じられました。お兄ちゃんの様子も、だんだん力がなくなりぐったりしていきました。寮長が数人の保母さんと走ってきて、お兄ちゃんの首に巻きついていた梱包用の平らなビニール紐を鉄棒との間で切り離し、ひとまず彼の体を地面に横たえました。

私がそれまで声をかけ励ましていたことに弱いながら反応がありましたが、首への拘束がなくなったのか意識も弱くなってしまったようでした。私は心配どころか、この子の息が止まったらどうしようと恐怖でした。

寮長は救急車の手配をするため職員室に走り、私はお兄ちゃんを抱きかかえ救急車が着くだろう玄関先に向かいました。抱きかかえると、彼の腕の皮膚はざらざらしていました。生気が全く感じられません。人の肌とは思えない感触に、一刻を争う事態だと分かりました。お兄ちゃんの意識も薄れていき、それでも、ただ生きようとする呼吸だけが続いていました。ぐったりとした人間はこんなに重いのかという感覚が、私の腕から消えることはありません。

お兄ちゃんは救急車で救急病院に搬送され、私も一緒に向かいました。私は集中治療室の前の長椅子で、ただ時間が過ぎていくのを見守っているしかありませんでした。かなりの時間が過ぎて病院の方から一命を取りとめたと聞かされた時は、ただ涙が流れるばかりでした。そんな私に病院の方は、数日間はまだ危険な状態が続くと念を押しました。

その同じ頃、施設では警察の事情聴取や管轄する市役所民生局との対応で大混乱だったそうです。

この子の自殺未遂で、私はこの職を続ける資格がないと深刻に悩みました。それからずっと、自分を追い込む生活が続きました。自殺未遂の原因に、私たち職員が何も関係ないとは言えません。いやそんな曖昧なことではなく、私自身に責任がなかったとはどうしても思えなかったのです。この子は幼児から中学生になるまで、ずっと児童養護施設育ちでした。私がこの職に就いた頃は、小学校低学年でした。今まで私が、この子にしてきたことは何だったのでしょう。この子のすべてを、受け止めてきたのでしょうか。結局、私がこの子にしたのは、養育指導とは名ばかりの一方的な躾（しつけ）まがいの関わりだったと気づかされました。子どもたちの反抗的な態度には、威圧的な指導で大人の都合を押し付けたこともありました。子どもたちを正座させて、長々と説教したこともあります。手を出したこともあります。時には、そんな子どもへの対応を反省したこともあります。仕事の重圧や、長時間子どもたちと生活することが、私にはストレスになっていたことも隠せません。しかし、それもこれも全部言い訳です。言い訳にしか思えなかったのです。中学生の自殺未遂でも、幼い子が必死に訴える姿から緊急事態を受け止めることさえできなかったのです。もし、あの時あの子が私を呼ぶのをあきらめてしまっていたらと思うと、恐ろしくなります。

私は単純に子どもが好きでした。この仕事に巡り合えた時、やっとやりたいことが見つかったと嬉しかったことを忘れません。児童福祉というフィールドで、子どもたちと共に理想を探したいと考えていました。それなのに私がしてきたことは、子どもたちを大人の都合に閉じ込めることだったと思い知らされました。私は子どもたちの気持ちを受け止め、考え、一緒に生活を豊かに作り上げ、楽しく暮らしていくことさえできなかったのです。子どもに携わる大人として最低限のことさえできなかったのです。家庭を失った子どもたちに、安心して過ごせる施設という場所さえも作れなかったのです。

そして、その時の私に決定的な問題だったのは、もう一度この仕事に立ち向かい、そのことを乗り越えていく覚悟が明らかに欠けていると気づいたことでした。取り戻す力も出てきません。そんな曖昧なままでは、一時たりとも子どもたちと一緒にいるべきではないと、強く自分を責める日が続きました。いつしか寮長とも考えが合わなくなり、退職することを決めました。寮長は私の間違いに気づかせようとしていましたが、私は自分しか見えなくなっていました。

本当は子どもたちが、身をもって教えてくれていた職員として大切なことを真っ向から受け止めることができず、逃げ出したかっただけなのかもしれません。いや、きっとそうでした。私は、後先を何も考えないで、感情的にというか感傷的に退職してしまいました。私は自分の置かれた状況に耐えられず、すべてを放り出して逃げ出しました。

その後再就職する意欲も起きず、職業安定所（ハローワーク）にも最初の手続きに出向いただけでした。私はこの時すでに結婚していて３人目の子が生まれる頃でした。長男が５歳、次男が３歳、誕生間近の娘がお腹の中にいた妻は不安でたまらなかったと思います。迷惑をかけたという言葉では、決して償うことなどできないことをしていました。

私は気持ちを切り替えて、何とかしなければならないと思っても焦るばかりでした。妻には嫌な思いをさせたばかりなのに不安がる妻を何とか言いくるめて、自営業に手を出しました。事業計画も資金計画も曖昧で、やっていけるはずがありません。それまでの蓄えをほとんど使い果たした結果は、あっという間の自然消滅でした。再就職することを先延ばしにすることだけが目的だった起業など成功するはずがありません。ようやく目が覚めました。

それから私は就職先を真剣に探し始めました。30代も半ばになっていたので、再就職先を探すことは大変でした。職業安定所も間隔が空いてしまうと行き辛くなり、新聞の求人欄で大学受験教材の訪問販売、新聞の拡張員など次々と職を選び生活費を稼いでいました。私にとって外回り仕事は、今まで知らなかった世の中の一端を知ることができました。同僚と仕事中に競艇、競輪に立ち寄り、そこで日中を暮らす人たちの姿を身近に感じていました。

一度転職をすると、それが癖になると聞いたことがありますが、その頃の私は、まさにそんな状態でした。退職手続きも適当だったので、雇用保険を利用したこともありません。新聞の求人欄で職を探し収入が途絶えないように職を変えていくだけでした。年齢を重ねるごとに、やりがいのあると思えるような就職先もなくなってきます。実際はやりがいなどと甘いことを言っている立場ではなかったのですが、何となくそんな状態でした。ある朝、新聞の求人募集欄で損害保険会社の地域限定職が目に留まりました。早速、応募しました。学生の頃の就職試験から何年かぶりの筆記テストを何とか合格して面接に進み、採用になりました。

養護施設を退職して４年目のことでした。地域採用とはいえ大手の損害保険会社だったので、それまでとは違い生活費は格段に安定しました。労働条件も福利厚生も今までとは違ってしっかりしていたので、妻もやっと安心してくれたようでした。

こんな夫に妻が愚痴をぶつけても当然です。それでも何とか生活を共にして、３人の子どもを守ってくれた妻でした。私もやっと落ち着ける職場にたどり着いたと少しホッとしました。もうこれ以上転職ばかりして、妻や我が子を不安にさせるようなことはできません。とにかく家庭を支えるため、守るためにその後20年ほどその職場で働きました。

40代後半を迎える頃、会社でも定年退職後のセミナーとか相談会とかが始まって、私もそんなことを考える時期になりました。社会貢献なんて立派なことではなくても、職場以外にも少しばかり世の中の役に立つようなことができたらと、市民活動や環境保全活動などにも興味を持ち始めました。その頃愛知県が始めた環境教育指導者養成講座の募集案内が、目に留まり応募しました。その講習の中で愛知万博の市民プロジェクトを知り、それから不思議な10年間が始まりました。当時、我が子は大学生、高校生になっていました。50代を前にしてまだまだ仕事を続けながら、仕事の他にも居場所を見つけ始めようとしていた頃です。

第4章

不思議な10年間

仕事の外での居場所探し

２００５年の愛知万博（愛・地球博）は、万博史上初めて国や国際機関と共に、市民参加が公式に認められて開催されたと言われています。開催地を始め、全国や海外から多くの団体やＮＧＯ・ＮＰＯが参加しました。私もいくつかあった市民参加型プログラムの中で、個人でも参加が可能だった市民プロジェクトに応募しました。

万博開幕の2年前から募集が始まり、説明会が何度も開催されました。私は万博の開催計画があることは、以前から新聞報道などで知っていました。開催予定地の海上の森で、絶滅の恐れがあるオオタカの営巣（えいそう）の発見がきっかけとなって、その保護を求める運動が広がっていたことも知っていました。それでもそれは、私とは遠い世界のことでした。後に知ったことですが、私が万博の市民参加に関心を持った頃からさかのぼること10年ほど前、１９９０年に愛知県が愛知万博の計画を発表した頃から、開催に反対する市民運動が始まっています。それは、開催予定地での自然観察会や、市民による環境アセスメントを取りまとめるなど、市民自らが学び提案していく活動でもあったようです。私が参加した市民プロジェクトには万博反対から歩み寄って、会場計画を変更させることで思いを達成した市民も参加して、私自身が市民運動を深く考えるスタートになりました。

最初の半年ほどは説明会や座学が続き、万博開催予定地の見学もありました。万博予定地は、最初は愛知県瀬戸市の海上の森にありましたがオオタカの営巣が確認され、その後、愛知青少年公園に主会場が変更になりました。海上の森には、規模を縮小して自然体験型プログラムの会場が設けられ、市民プロジェクトの主会場となった市民パビリオンも造られました。

私が最初に見学した万博予定地は、この自然との共存をめざした海上の森でした。そこは、まだほとんど何も構造物はなく、切り開かれた空き地が広がっているだけの荒涼とした風景でした。工事は始まったばかりで、近くの住宅地ではダンプカーの往来が見られました。

そこから海上の森に入っていく里道には、民家が点在していました。森へ入っていくと、開催が決まってからも一貫して反対を貫いている方の一軒家があり、お話を聞くこともできました。私は様々な立場について考えさせられました。この見学のことは、後々までとても印象深い思い出となりました。

市民プロジェクトには万博反対運動に関わった人たちと共に、自然保護運動や環境団体で活動していた個人やその団体、私のような何の経験もない個人も参加していました。私は企画書の書き方など、実務的な研修にも興味を持ちました。どんな企画を立て、どうしたら実現できるかを考えることが楽しくて仕方がありませんでした。

その後、実際に具体化できる企画案の募集が始まりました。一緒に参加していた人と集まって話し合っている中で、ある方から借りた写真集がずっと気になっていました。それは、写真家星野道夫さんの『グリズリー』（平凡社刊）という文庫版の写真集でした。ページをめくると、今まで知らなかった大自然に生きる動物たちの姿が、次から次へと現れてきます。私は食い入るように見続けていました。それほど心を惹かれる写真でした。星野道夫さんのことを私はそれまで知りませんでした。何年も前に亡くなられていたことも、その時初めて知りました。もちろん写真集やエッセイを手にしたこともありません。でも、このことがきっかけになり、その後の私の生き方は大きく変わっていきました。私は早速、星野道夫さんをキーパーソンとした企画書作りに夢中になりました。それと同時に、一緒にプロジェクトを立ち上げる仲間を募る方法を探りました。市民プロジェクト専用のホームページには、メンバーが情報発信や意見交換するツールが用意されていました。それを利用して仲間集めを始めました。

私は星野道夫さんの写真パネルや、写真家として活動したアラスカで実際使用した遺品、著作物の原稿などを展示し、万博の来場者の皆さんと会話できる場を作りたいと思っていました。それは会話というより私が教えてもらう側になることでした。市民プロジェクトならそんな受け身の企画が、一つくらい許されるかもしれないと考えていました。そして、かなうことなら多くの人たちの写真と星野道夫さんの写真を、同じ空間に展示したいとも夢見ていました。愛知万博のテーマは『自然の叡智』というものでした。私はその言葉が理由もなく好きでした。その頃、私にとっては環境という言葉さえ新鮮でした。何も知らなかったと言った方がいいくらいでした。そんな私ができることは、星野道夫さんを主人公にして、集まったみなさんから『自然の叡智』を教えていただくことでした。

先の写真集にあった文章は、私が最初に心魅かれた星野道夫さんの世界観です。『アラスカはこれからもグリズリーの大地でありつづけるのだろうか。アラスカにも巨大な資源開発の波が少しずつ押し寄せている。いつか長い年月がたち、かつてカリブーの群れを探した山の上に立ったとき、私はあの日のように、アラスカの原野をさまようグリズリーを見つけることができるだろうか』（星野道夫著『グリズリー』平凡社ライブラリー刊61ページ）
こんな世界観を持った人と出会いたい、語り合いたいと思っていました。主義主張を声高に叫ぶことも必要でしょう。でも私にはそんな知識も能力もありません。心に沁みとおるような世界観にふれてみたかったのです。星野道夫さんの言葉の数々は、その先何度も私の心深くに響きました。それはいまも続いています。

そんな私の思いつきのような企画が、どうしたら実現できるのか全くてはありませんでした。私は写真や著作物の著作権を管理している事務所の方に直接お会いし、お話しさせていただこうと考えました。そんなことができるかどうか分からないし、慣れていないので緊張しましたが電話でお願いすることにしました。用件を伝え、お話を聞いてほしいとお願いすると快諾していただきました。ちょうどその頃、京都で星野道夫写真展が開催中でした。そこでお会いしていただけることになり、名古屋から京都まで出かけて行きました。このような交渉事はしたことがなかったので、私たちの市民プロジェクトを管轄していた広告代理店の人にも相談して同行してもらうことになりました。

京都では、星野道夫事務所の事務長に会うことができました。

「お話は分かりました。これまでも、市民の皆さんの活動には協力させてもらっています。代表に報告して返事させていただきます」

私には夢みたいな瞬間でした。事務長に案内してもらって初めて本物の写真を見た感動も忘れられません。写真パネルの大きさにも圧倒されましたが、その写真の中で、まるで生きているように存在している動物達の姿や表情は心魅かれる世界でした。星野道夫さんの作品に出会えて、本当に幸運だったと思っています。それまでとは違う人生が開かれていった感覚でした。

はじめは、一緒に企画を立ち上げる仲間が集まりません。それでも最初の頃のメンバーは私を含めて４人いました。このような企画に携わった人ばかりでした。デザインの仕事をしている人、市民運動をしている人、イベント事業に関わっている人などです。企画段階だったので本当に助かりました。

その年の夏、星野道夫事務所代表の星野直子さんのトークショウが名古屋で開かれました。星野道夫さんはもう何年も前に亡くなっていましたが、その場にご本人も一緒にいるような集まりでした。会が終わり、直子さんと京都でお会いした事務長に直接お会いできました。お二人の周りを、多くのトークショウ参加者が取り囲んでいました。ご挨拶をして、企画のことを相談したいとお願いしました。会場内にあった喫茶室に、星野道夫事務所のお二人と向かおうとすると、周りにいた人からご一緒したいとの声が上がりました。お二人も快く応じてくださって、大学生から私と同年代の方まで楽しい集まりになりました。

星野道夫さんの写真パネルもお借りできることになり、そこに集まった人たちもその場でプロジェクトへの参加を決めてくれました。次のステップに進んでいけると、希望を持つことができました。何かが変化していく時は突然やってきて、思いがけない展開になっていくと実感しました。

愛知万博は２００５年３月開幕しました。私たちのプロジェクト『心のアラスカ～星野道夫の思いを繋

万博開幕の日の展示ブース
市民パビリオンのスタッフから
贈られた垂れ幕を掲げて

ぐ』は、愛知万博瀬戸会場の市民パビリオンで初夏から閉幕までおよそ3か月開催されました。星野道夫さんの写真と、公募で参加してくれた皆さんの写真を一緒に会場に展示しました。星野道夫さんの作品と一般の人の写真を一緒に展示するということは、本当に大丈夫なのだろうかとずっと気になっていました。もちろん事前に企画は伝えましたが、それでも心配を持ち続けていました。ずっと後に、直子さんから、本人もきっと喜んでいると言われて、やっと胸のつかえが消えていきました。

会場では、写真集、エッセイ集、絵本、原稿や遺品などを展示スペースに並べ、来場者の皆さんと交流しました。展示会場のミニステージでは、若い仲間たちによる星野道夫さんのエッセイの朗読や星野道夫さんを紹介する映像を観ながら、来場者と語り合う催しなどをしました。パビリオン内のステージでは、スライド上映と星野直子さんの語りでアラスカの思い出を辿り、直子さんの友人の宮本満栄さんによるピアノ演奏が流れる空間を、メンバーの大学生たちが中心になって作り上げました。４００人の会場は満席でした。企画した若者たちの熱心な姿が懐かしいです。

愛知万博の閉会式典には、市民プロジェクトから選ばれて私たちのメンバーの一人が参加しました。愛知万博の跡地は、その後、『愛・地球博記念公園（モリコロパーク）』として、最近では『ジブリパーク』に生まれ変わりつつあるようです。

愛・地球博記念館のギャラリーに掲げられたレリーフに、参加国名や国際機関名などと共に、私たちのプロジェクト名が刻まれていましたが、きっと今も残っていると思います。記念館は会期期間中には迎賓館として、あるいはレセプションホールとして利用された建物です。瀬戸会場にも万博記念公園が整備され、その遺産が受け継がれています。もう随分と長い間、訪ねていません。いつかもっと歳を重ねた時に思い出したら、出かけてみるのもいいかなと思っています。

愛知万博が終わって

万博で展示した写真集などは、山梨県八ヶ岳自然ふれあいセンターに寄贈しました。関係者の方から連絡があり、万博の翌年に計画されている『星野道夫清里講演10周年記念イベント』に、万博での私たちの活動を繋げたいという思いがけない申し出がありました。星野道夫さんが亡くなる数か月前に、そこで講演会をされたことも知りました。その講演は、もう絶版になっているようですが『表現者』（スイッチ・パブリッシング刊）に綴られています。私も何度も読みました。

私たち一緒に活動したメンバーも揃って、清里のイベントに参加しました。万博が終わってからも、集まることができる仲間だったことが私には大きな喜びでした。みんなそれぞれが、特別の時間を楽しんでいました。私たちの集まりは、その後、私の至らなさで消滅してしまいました。そのことだけがずっと心残りです。申し訳ない気持ちです。

私にとって万博での経験は多くの出会いに繋がりました。きっと、星野道夫さんが繋げてくれたと感謝しています。大谷映芳さんとは、万博会場で来場者の皆さんに星野道夫さんを紹介する『Alaska風のような物語』（テレビ朝日）を上映したいとお願いをしたことが最初でした。星野道夫事務所に橋渡しをしていただき連絡しました。当時テレビ朝日のディレクターをされていた大谷映芳さんは、その著書『辺境へ』（山と渓谷社刊）に、「パキスタン・ラカポシ北稜初登攀（とうはん）、K2西稜初登攀、チベット・クーラカンリ初登頂などの記録を持つ登山家でもある」とプロフィールがあります。

また、NPO法人アース・ワークス・ソサエティ（EWS）理事長として、テレビ局退職後もネパール・ドルポ地方で診療所・公民館建設・奨学支援を現在も続け、最近もネパールやマダガスカルなどのＴＶ取材に惜しみなく協力されています。

私の性格では人と関わりを持とうとすると、その人の肩書や経歴がとても気になります。私にとって別世界の人だと思ってしまうと、何となく近寄りがたくなります。大谷映芳さんは、そんな私の気持ちを変えてくれた人でした。誰に対してもフラットに接する姿には尊敬しかありません。そして気遣いの人でもあります。私もＮＰＯ法人の会員に加えてもらいました。登山初心者の私を、北海道の羅臼岳や長野県と新潟県の県境の雨飾山など誘ってもらい、一緒に登山体験をさせてもらっています。山登りに目を開かせてもらい、世界が広がりました。

２０１６年には日本・ネパール国交樹立記念事業が両国で催され、ＥＷＳが在ネパール日本大使館に協力して開催された『渡辺貞夫ジャズ公演』にも、参加させていただきました。コンサートは、カトマンズのアーミー・オフィサーズ・クラブホールで開催されました。その前日に大使館で歓迎レセプションがあり、思いもかけない素晴らしい時間を過ごすことができました。私にはそんな華やかな場所は場違いと思いながら、それでも楽しい思い出です。

EARTH WORKS SOCIETY　earthworks-j.com
在ネパール日本大使館　渡辺貞夫ジャズコンサート
https://www.np.emb-japan.go.jp/jp/news/Watanabejazz2016.html

私には山梨県北杜市在住の写真家Mさんとの出会いも大切な思い出です。『清里10周年イベント』で初めてお会いした時、星野道夫さんとのアラスカでの交流を熱く語ってくださいました。星野道夫さんから譲り受けたテントを持ち込み、イベントの参加者みんなで掲げ記念写真を撮ったことも忘れられません。Mさんはその頃、八ヶ岳の麓、北杜市長坂にある聖マリヤ教会の牧師をされていました。教会へは何度も訪ねました。Mさん始め教会の皆さんと、とても温かな時間を過ごした思い出が浮かんできます。

八ヶ岳の写真家　makoto-matsumura.com

『清里10周年記念イベント』を成功させた、公益財団法人キープ協会のSさん、清里高原ヒュッテ・グーテライゼのオーナーMさんにも大変お世話になりました。北海道清水町の星野道夫展や、足寄町での学校向けの写真展を開催したKさんも、忘れることのできない人です。

Kさんのことは、その当時の日記を書き写すことにします。

～手元に届いた手紙から妻と二人で北海道行きを決めました。３年前の愛知万博で一緒だったメンバーから、大学を卒業して北海道の『風景画』というペンションで働いていると便りがありました。同封されていた旅人宿ガイド誌に、斜里岳を背景にしたそのロッジの写真が載っていました。その雄大な風景には、強く魅かれる何かが感じられました。それが北海道行きに向かって動き出す出発点でした。

そんなある日、北海道のKさんから携帯にメールが届きました。１９９３年2月に北海道清水町で、星野道夫さんの写真展を開催したと自己紹介がありました。私たちの活動のホームページを見て素晴らしい活動とお褒めの言葉も頂きました。

私は、早速、御礼のメールを送りました。「清水町での写真展のことや、十勝の星野道夫さんゆかりの地などのお話を、ぜひお聴きしたいと思います。北海道の清里町に9月18日～22日まで滞在する予定をしています。ご都合のいい日がおありでしたら、お訪ねさせて頂きたいと考えています」

その後メールだけではなく電話でも連絡を取り合い、私たちの初めての北海道行に足寄町から清水町を訪ねる日程が付け加わりました。道東のオホーツク海側の清里町からは、阿寒国立公園を横切り車で3時間ほどの距離とKさんは案内してくれました。私たちは途中、屈斜路湖やオンネトーに立ち寄りもう少し時間がかかったと思います。

初対面でしたので、足寄町の役場の駐車場で会うことにしました。星野道夫さんのことを知ってから本当に多くの人との出会いがありました。今回も、これまでと同じように会ったその瞬間にずっと前からの友人に再会したような感覚でした。Ｋさんのお母様が、昼食を用意してくださっていて自宅にお招きいただき、厚かましくもご馳走になりました。この日は北海道に来てから3日目でしたが、これまでずっと食する機会に出会わなかった『いくら丼』が『ホタテの吸い物』と並んでいました。本当に美味しく、おかわりまでさせて頂きました。私の妻も大喜びでした。

近くに住んでいらっしゃるＫさんの妹さんから、お裾分けのトウモロコシもありました。甘くみずみずしく、新鮮とはこのことかと思わせるようなトウモロコシに幸せな気分でした。ご馳走の余韻を後にして、Ｋさんと一緒に清水町に向かいました。途中、何度も十勝の雄大な風景に出会いました。見渡す限りの大地と、どこまでも続く畑や牧草地。遠く雄阿寒岳や阿寒富士も見渡せました。また扇ヶ原展望台からは、日高連峰の果てしなく続く全容を見渡すこともできました。壮大な景観に圧倒されると共に、その風景から先住民の人々の嘆きや怨念（おんねん）、初期の開拓者の覚悟と執念が伝わってくるようでした。そして開拓を受け継いできた農民の命の営みと苦悩、まさに星野道夫さんの言う『人間と自然との関わり』の歴史がそこに渦巻いていました。壮大な景観の一つ一つには、無数の物語が書き込まれています。それを実感させてくれる北海道の風景に、ただただ圧倒されていました。途中立ち寄った然別湖は、星野道夫さんの氷上写真展が開かれたところです。今でもこの湖が完全氷結すると、そこに雪と氷だけで作られたイグルーが立ち上がります。そのイグルーで写真展が行われました。氷上に作られた露天風呂を道夫さんはとても気に入ってくれたと、Kさんが感慨深く話してくれました。

然別湖ネイチャーセンター　http://www.nature-center.jp/

清水町では当時の写真展開催会場に立ち寄りました。この時の講演は『魔法のことば』（スイッチ・パブリッシング刊）に載っていますが、そこに書かれていた『宝龍』というラーメン屋さんの前を通過して、その夜は、Ｋさんの案内でペケレベツ山荘に泊まることができ森に囲まれ眠りました。静かな空間で、生き物たちの気配を感じながら夜が更けていきました。

翌日は、星野道夫さんの『旅をする木』（文芸春秋刊）にも綴られている坂本直行記念館に出かけました。現在の坂本直行記念館は、道夫さんが訪れたところから少し離れた六花の森にありました。中札内美術村の旧記念館は、北の大地美術館として残っています。六花の森には静かな芝生の丘があり、ゆるやかに流れる小川がある風景の中に、木造の小屋が点在していました。そのうちの３つの建物に、坂本直行さんの作品が展示されていました。十勝の山々や可憐にしたたかに咲く花々の絵画を眺めながら、星野道夫さんの写真から受ける印象と同じ感覚に捕らわれていました。窓の向こうで揺れる木立、通り過ぎていく風の気配、せせらぎの調べにつつまれ、星野道夫さんの作品の世界を追いかけている自分がいました。Ｋさんにお会いできて本当によかったと思います。いつかきっと、また何か一緒にすることがあるような気がしました。それはまだ漠然としていて、何も見えてはいません。でも焦ったり急いだりする必要はないと思います。大切なことは、いつも遠くからやってきます。

清水町を後にして、またオホーツクの町に戻ってきました。このずっと向こうにカムチャッカが、そしてアラスカがあります。いつか、その地を訪ねることができるでしょうか。これからも、ずっと星野道夫さんを追いかける旅を続けていきたいと思いました。それは彼の生きざまをもっとよく知る旅であり、多くの未だ見ぬ出会いがある旅でもあります。生命の不思議さに導かれる旅なのです。～2008年10月記す。

その後、Kさんの紹介でオーロラ写真家Nさんに出会い、私の当時の地元名古屋でオーロラ上映とトークショウをさせてもらいました。Nさんは現在もオーロラ上映会で全国を回り、アラスカツアーのコーディネータも続けています。いつの日かこの町でも開催できたらいいなと思っています。

オーロラダンス　aurora-dance.jp
山梨県立科学館で星野道夫さんを主人公にした「オーロラストーリー」を制作したTさんとの出会いも印象的でした。現在は、宙先案内人として心魅かれる活動をされています。
星空工房アルリシャウェブサイト　alricha.net

まだまだ書ききれないほど多くの出会いがありますが、最後に『〝いちかわ〟星野道夫写真展実行委員会』について感謝を込めて綴ります。私たちが活動を始めた頃、星野道夫写真展を準備し開催された経験を惜しげもなく教えていただきました。私は２００３年に千葉県市川市で開催されたその写真展のことは後になって知りました。活動の経過は会の記録集に詳しく残されています。これまでの巡回写真展と違って、実行委員会とそのボランティアスタッフの皆さんの熱意と献身で開催された初めての写真展です。市川の皆さんの活動がなかったら、私たちも後に続けなかったでしょう。私たちも星野道夫さんの故郷市川市には、万博が終わってから何度も行かせていただきました。特に2008年の『いちかわ星野道夫展』は、メモリアルコンサートなど多彩な催しがあり素晴らしい時間でした。『michioと歩くいちかわ』というマップをたよりに、市川の本八幡の街をあちこち、ひたすら歩いたことをいつも懐かしく思い出します。

出会う人は皆さん魅力ある生き方をしている人でした。そんな出会いが、いつどこであるのか分かりません。そんな機会を見過ごしてきたように思います。避けてきたのかもしれません。私はいつも自分の狭い世界から人を見ていたような気がします。自分から、この人はこうだと決めつけて人間関係を続けてきたようでした。人に嫌われることを恐れ委縮していたのかもしれません。いろいろな出会いと経験のおかげで、自分を飾ることも隠すこともなく、謙虚にありのままの自分で人間関係を持つことができるようになりました。人に対しても上下関係や肩書、地位など余分なことまで気にならなくなりました。50歳を過ぎて、ようやく普通の人間関係で大丈夫だと気づきました。気づけたのなら、それは何歳でも遅くないと思います。自分を変えることができるなら、それも何歳からでもいいと思うようになりました。遅すぎると決めつけるようなことなど全くなかったのです。

国際会議のNPO事務局スタッフから、もう一度、福祉の世界に

2010年に、生物多様性条約締約国会議（CBD／COP10）が名古屋で開催されることになり、それに向けてNGO／NPO事務局のスタッフを引き受けないかという誘いを受けました。ちょうどその頃、勤めていた会社でもリストラの話題がずっと続いていて、子育ても終わりに近づき早

期退職するのもいいかと考えていました。たいした能力もありませんが、役割を受けるなら専念したいという気持ちもあり、20年ほど働かせてもらった損害保険会社を退職しました。

NGO／NPO事務局の仕事は2年間の期間限定なので、その先を考えて今度はハローワークの紹介で造園職業訓練のため岡崎高等技術専門校に通い始めました。長年の積み重ねのある職人には到底及ばないことは自覚しつつ、庭木の剪定や作庭などに関わりながら生活の糧を稼いでいけるなら、それもいいかと思いました。そんな安易なことではないと後で思い知らされますが、それはもう少し先のことです。

NGO／NPO事務局のスタッフは、『NPO法人ぎふNPOセンター』から派遣された女性と私の二人でした。環境省の中部環境パートナーシップオフィスの一角に机を並べて仕事が始まりました。日本自然保護協会やWWFジャパン、日本野鳥の会始め名前だけは聞いたことがある団体が名を連ねていることを知った時は、場違いなところに来てしまったと強く感じたものでした。事務局は各団体の調整役と活動予算獲得、プレイベントの企画実施などが主な仕事でした。

スタッフは無給のボランティアでしたが、理解者からの寄付によって日当を受け取ることができ助かりました。本会議が始まると会場に張り付きっぱなしの毎日でしたが、国際会議など初めてなのですべてが珍しく刺激的な毎日でした。私には一生に一度の思いがけない経験でした。

会議は国際連合の関係者はもとより、世界各国から国の代表団始め国際機関、環境ＮＧＯなど多くの関連組織・団体が、それぞれの議題に取り組み熱い協議を日夜積み重ねていました。専門家でも活動家でもない私がとくに印象に残っているのは、南北問題が話題になった時でした。南北問題は、一般には開発途上国と先進国の関係で問題になる経済格差や、そこから生まれる食料を含む貧困、教育などの問題を指すようでした。生物多様性の課題は、私が漠然と想像していたような範囲にとどまらずより広範な視点から追求されていたことは新鮮な驚きでした。１９９２年にブラジルのリオ・デジャネイロで開催された地球サミットの成果である気候変動枠組条約と共に、生物多様性条約も大切に引き継がれて育っていってほしいと願っています。私も身近な生活に置き換えて、私ができることをしていくことを心がけています。

会議が終了し決算など残務整理も終わる頃、職業訓練校も卒業していたので造園会社にも勤め始めました。若い職人と一緒の庭師仕事も新鮮でした。

またその頃、この活動がきっかけで参加させてもらうようになった集

生物多様性条約第10回締約国会議
名古屋国際会議場

まりのことも忘れることができません。それは『小麦生塾（こむぎお）』といって名古屋大学名誉教授のＹさんとその友人Ｈ夫婦が中心になってお仲間たちと定期的に開催されていた素敵なサロンです。皆さんがそれぞれ手作りの料理を持ち寄り、お仲間やゲストを招いてお話を聞く会です。Ｈ夫婦は養豚場を経営されていて、そこの木立に囲まれたログハウスが会場でした。雑木林の手入れもご自分たちで楽しまれていた姿に、国際会議によりもっと深くこころ魅かれました。奥様はエッセイストで、エッセイ集も何冊か出されています。お近くにある刑務所の印刷作業で本づくりをされていました。『裸木（はだかぎ）』『万灯に焦がされて』『さみしさもどき』『黄熱』。今も書棚から取り出しては読み返しています。気持ちがしんみりすると、なぜか手に取っています。

それから1年ほど過ぎた頃、先のＮＧＯ／ＮＰＯ事務局長から岐阜県で生活困窮者自立支援のモデル事業が始まるので、一緒にやらないかと連絡がありました。事務局長は、『ぎふＮＰＯセンター』の理事長をしていていました。そのＮＰＯ法人が国の生活困窮者自立支援事業のモデル事業者に、岐阜県から選ばれたとこれまでの経過を話してくれました。新年度から事業を始めるにあたって、事業所の立ち上げなどの準備を手伝ってほしいと言われ私はその場で返事をしました。

造園会社に退職届を出し、急遽、生活困窮者自立支援のモデル事業に関わることになりました。造園会社の社長も、あっさり退職届を受理してくれました。あまり見込みがなかったのか、年配者は扱いにくかったのか、とにかくまた突然の方向転換でした。

モデル事業は、事業を全国展開するためのデータを事前に集めることが主な役割でした。それを踏まえて、２０１５年度から生活困窮者自立支援事業が、全国で始まりました。私はモデル事業から本格展開の移行まで関わり、その後、退かせて頂きました。長かった就職生活の最後に、福祉関係の仕事に出会えたのも不思議な巡り合わせです。

最初に志した福祉の仕事に挫折し、独立して稼いでいこうとしてもその力もなく、家族を守る責任を思い知らされ、その後は生活の安定を最優先して働いてきました。その役割も終わりが近づき退職後の人生が見えてきた頃、職場の他にボランティア活動や市民活動に生きる場所を求めました。もう一度、福祉の仕事に戻ることになったのは私にとっては偶然としか思えませんでした。そのチャンスに全力で取り組んだことで、ほんの少し若い頃の自分に誇らしい気持ちになれました。現在、全国展開されている生活困窮者自立支援制度の立ち上げを経験できたことは、私のささやかな誇りです。

どの仕事もそうですが福祉もまた私にとって大変な仕事でした。いつも我が身が問われる厳しい仕事でした。人の生命と生活に関わる日々は、突き詰めれば私にはあまりにも崇高な職業でした。それはもう一度、福祉の世界に戻ってきて再認識させられました。素晴らしい同僚や後輩に密かにエールを送りながら、私は職場を去ることにしました。

長かった仕事人生活を鞄につめて

母が亡くなったのは２０１７年です、父親はすでに亡くなっていました。よくケンカをした弟ももういません。腎臓がんでした。すべて私が喪主でした。母の相続手続きも終わり、私も年金生活者の仲間入りをしました。

老後生活を思い描きながら、ふと気づいたことがありました。思えばここまで趣味らしきものは何一つありませんでした。これからは自分の好きなことをやって暮らしていこうと決めました。還暦過ぎての決断でした。

そこで、最初に踏み出したのがダイビングです。生きているうちに一度は海の中の世界が見たいという思いに捕らわれ、ダイビングスクールに通い始めました。初級の資格を取り、もう一つ先の資格まで進みました。スクールでは最初の海洋実習で、和歌山県の串本の海に潜りました。かなり緊張しましたが海の中の世界は想像を超えていました。

串本は海流の影響で熱帯魚が回遊しています。ニモ（カクレクマノミ）が近寄って来た時は、子どものように興奮していました。後でインストラクターから聞いた話では、それは威嚇行動だとのことでした。それでも、とてもそうとは思えないほど可愛い仕草でした。

福井の海では、初めてダイビングスポットまでボートを使いました。海の中の岩くぐりを経験したのは、ここが初めてでした。海底の地形を楽しむ余裕もあったのか、とても感激したダイビングになりました。

伊豆の海は、何といってもナイトダイビングです。夜の海はちょっと恐怖で本当は怖くもありました。それでもインストラクターを信じて潜ってみると、夜光虫できらきら光る世界がありました。伊豆では、もう一つ忘れられないことがあります。エア切れを起こしたことです。インストラクターにハンドサインで緊急事態を伝え、事なきを得ました。対処が遅ければ手遅れになっていたところです。生死の境にありながら、あの時はこういうこともあるだろうと冷静でいられました。インストラクターはパニックにならなかったことを褒めてくれました。私がパニックになっていたら、二人とも命の危険にさらされていたようです。

石垣島、小浜島、宮古島の海も潜りました。これからも可能な限り何度でも潜りたいスポットです。新たな趣味に巡り合ったその年の秋、妻が突然病気になりました。

まだ間に合うかもしれない
～もう少しはましな人間になりたくて、何かがつかめそうな予感はあるけれど～

今日も娘の部屋から南アルプスの仙丈ケ岳が夏の装いで輝いています。このエッセイを書き始めて半年が過ぎました。出版社の方に応援していただき書き始めたエッセイも、終わりが近づいた予感がします。編集者が決まった後は、その親身なアドバイスに何度も頷かされ先に進むことができました。こうして、思ってもみなかった経験を楽しむことができています。私にとっては想像さえできなかった毎日が続いています。

文章を書くことが、ジョギングやラジオ英会話に割り込んで私の日課になりました。個人的な記憶を綴ることが、私にはこんなに楽しく充実した時間だとは思ってもみませんでした。出版社の皆様に感謝しながら、もう少し先へ進みます。

小学生の男の子たちが麦わら畑から出てきました。学校帰りの道草です。

女の子が坂道の側溝に足を延ばして寝転んでいました。このあたりの小学生や中学生は、1時間近く歩いて通学しています。朝はまっすぐ学校に向かっていますが、帰りはあっちこっちして、家にたどり着くのに時間がかかるだろうと心配になります。

私のこれまでを振り返ると、本当に道草ばかりでした。薄々、分かってはいましたが少しやりかけると他事が気になってしまいます。この道一筋という人を本当に尊敬します。一つのことに継続して取り組めるということは才能だと聞いたことがあります。本当にそう思います。

職人さんや伝統工芸の継承者を挙げるまでもなく、身近にも福祉施設で働き続け施設長までになった友人がいます。保育士から園長、教師から校長などほとんどみんな自らの仕事をやり遂げています。この年齢になって成功した友人を見ていると、私はつくづく定まりのない生き方をしてきたものだと思います。でも、もう今さら悔いても仕方ありません。そんな人生もまた面白かったと慰めています。

もう少しいのちが続くなら、もうちょっとましな人間になるのも悪くはないかと、まだ高望みも捨てきれません。

私は信州という言葉の響きが好きです。長野県に移り住んで、初めて知ったことは数え切れません。新たにここで暮らし始め、いろいろなことが新鮮でした。また、知りたいという気持ちも強くありました。

南北に長い長野県が、全国で４番目に広い面積を有していることも初耳でした。海なし県は知っていましたが、８県と隣接していてそれも全国最多ということは知りませんでした。その県内を４区分して北信、東信、中信、南信と呼んでいます。ここ駒ケ根市は、南信に位置しています。信州にしては冬の雪も少なく、雪掻きもほとんどありません。積雪量8㎝を目安として地区でも生活道路の除雪を住民総出でします。それも年に数えるほどです。

南アルプスと中央アルプスを仰ぐ伊那谷は日照時間も長く、稲作はもちろん野菜や果物類の栽培も盛んです。採れたてを頂けることは何よりです。地産地消がほとんどで、あまり他に出回るということもないのかもしれません。

南信地域は東京よりも南に位置していて、太平洋側の気候なのも特徴です。ふたつのアルプスに囲まれた地形から、台風などの被害も少ないようです。それでも昭和36年の三六災害では多くの河川が大氾濫し、土石流や地滑りが各地で発生し集落が消失した歴史があります。下伊那郡大鹿村の大西山では山麓大崩落が発生し、多くの方が犠牲になられたと聞きました。現在もすさまじい痕跡が残り初めてその前に立った時は、ただただ立ちすくむばかりの光景でした。
この土地で暮らすようになって、この土地のことを知りたいという気持ちがどんどん膨らんでいます。これまでは、生まれ育ったところでずっと暮らしてきたということもあって、すべてがあまりにも当たり前になっていたのでしょう。それほど特別に心を動かされることや、強く何かを知りたいと思ったことはありませんでした。知っているつもりだっただけかもしれません。

山歩きを始めたことは、私にとっては生活の大きな変化になりました。我が家から眺めると東から南に続く南アルプスには、３、０００メートル級の名峰が連なります。西方向には間近にその圧倒的な姿を見せる中央アルプスの山塊（さんかい）が、迫力を持って迫ってきます。どこまでも広がっていく大空とその果てまで澄み渡る空気、とうとうと流れゆく天竜川、穏やかに続く田園風景に誘われ、いつしか歩き始めていました。そうこうしていると、いつかあの山に登りたいという気持ちがふつふつと湧いてきました。

引っ越して来たその年の夏、市の観光協会が主催した中央アルプスの檜尾岳登山に参加しました。駒ケ根高原の駐車場に40名近く集合し、山岳ガイドと観光協会のスタッフに引率されロープウエーで2、612メートルの千畳敷駅まで上がりました。晴れ渡った最高のコンディションで、意気揚々と登山道を登っていきました。途中、私にとっては初めての岩場もあり緊張の連続でした。高山植物をあちこちに観察し、南アルプスの遠景を眺めながら檜尾岳2、728メートルに辿り着きました。

昼食の後は檜尾登山口に向かって、ひたすら長い下山コースです。歩き出して1時間ほどで足が進まなくなりました。ふらつきながらも下りならどうにかなるだろうと、足を動かしていきました。途中で私のようにへばって座り込んでいる方がいました。私にもその方にもスタッフが一人付き添っていました。歩けども山の中を抜けることができません。何度も疲れ切って座り込み、ぶっ倒れて切り株で怪我をしそうになったこともありました。最後のほうは歩くのが心底嫌になって、早く終わってくれと吐き捨てながら歩いていました。

山岳ガイドの方が、予定通り下山場所まで帰った参加者の皆さんを見送って、まだ帰り着かない私たちの様子を見に引っ返して来ました。私はバックパックを引き受けてもらい、もう少し頑張ろうと気を持ち直しました。それでも、体力はほとんど限界でした。足がもつれ転げ落ちるような危なっかしい状態で登山口に辿り着いた時は、助かった、もう歩かなくてもいいと涙が出てきました。

この時、シャリバテという言葉を初めて聞きました。私は炭水化物などの食料摂取や水分補給が不十分で、エネルギー不足に陥ってしまったようでした。しっかりとした準備もなく、体力に少々の自信があるからと安易に考えていたことが大失敗の原因でした。それでも周りの人達に支えられ下山できたことは、本当にいい経験になりました。

その後も山への強い憧れが変わることはありません。かえって慎重になり本を読んで研究し、事前から食事に気を配るようになりました。バックパックや登山靴、行動食など装備もよく考えて選び始めました。その年に、近くの戸倉山や木曽駒ケ岳に出かけた後は、体力作りのジョギングと、登山について勉強することに2年近く費やしました。

登山経験者の皆さんと出かけた長野と新潟にまたがる百名山の雨飾山登山を次のきっかけにして、それからは単独登山も始めました。

長野県伊那市と諏訪市の境にある守屋山では、3つアルプスの展望や眼下の諏訪湖に見惚れるばかりでした。

遠くから眺めているなだらかな姿とは全く違った岩山の蓼科山も忘れ難いです。

往復7時間ほどかかる上伊那郡南箕輪村の経ヶ岳は、いつものトレーニングコースになっています。

我が家からいつも眺めている烏帽子岳・小八郎岳ではササユリに会いました。

そして憧れの仙丈ケ岳、霧で道に迷いかけた乗鞍剣ヶ峰、尊敬する登山家大谷映芳さんと登った中央アルプス宝剣岳、足を延ばして筑波山、そして同じ時期に移住してきたYさんと出かけた、地元の里山高鳥谷（たかずや）山も懐かしい登山です。

立山室堂で待つ妻に頂上から合図を送った立山雄山、荒涼とした八丁ダルミに思わず手を合わせた御嶽山王滝頂上、地元のお寿司屋さんの大将やそのお仲間たちとご一緒させていただいた石割山、大菩薩峠と山歩きを楽しんでいます。

八重山諸島の小浜島では、娘と一緒に登った標高99・8mの大岳（うふだき）も忘れられません。

山歩きは単独やグループなどでその時々の楽しみがあり、これからも続けていくつもりです。頂上にたどり着いた達成感というか爽快感も格別ですが、山道を一歩ずつ踏みしめながら歩いていくそのことに魅力を感じます。いつも山に行けるようにと、体力作りのジョギングも続けています。

山歩きやジョギングで教えられたことは、ほんの一歩でも積み重ねていけばいつか目的地に辿り着ける、そしてそこが思い描いていたゴールでなかったとしても、続けてきた過程それこそがかけがえのない時間だということです。苦しくても無駄に思えても大切に記憶を刻み続けることで、いつか別の何かに繋がっていくと教えられました。

もっと早く気づけばよかったと思いますが、今になってやっと理解できることもあるのだと思います。

絵を描き始めて物の見方が変わってきたことも、私には大きな驚きでした。対象物を見て描く時も想像して描く場合も、これまでより何かをじっと見続けているような気がしています。ある時は目を開き、ある時は閉じて何かを見ようとしています。風景を写生していると見えなかった線や色が見えてくることがあります。山にはこんなにたくさんの線や色があったのかと、驚かされることが度々あります。何度も何度も描きたい対象を見ていたらそれだけでいい、もう描かなくてもいいと思うこともあります。

当たり前ですが、同じ風景はどこにもありません。風景も絶え間なくその瞬間を生きて変化していきます。

ピアノで遊ぶことも大切な時間になっています。自己流で楽しみながら、時には教本で基礎に立ち返ってなんて、気取りながらのひと時もまた格別です。音の響きだけで気持ちが広がります。

移住してきて、妻の美容院を探そうとしていた頃、住宅ローンでお世話になった銀行員に相談しました。紹介された美容院に妻が予約の連絡をすると、とても感じよく対応してもらったと喜んでいました。早速、付き添って出かけました。終わるまで2時間ほどかかるとのことだったので時間をおいて迎えに行くと、久しぶりにすっきりした妻がいました。そういえば退院前の美容院からもう何か月も過ぎていました。それにもかかわらず、取り立てて何も言わなかった妻に申し訳ない気持ちでした。床屋というか髪をそんなに気にすることのなかった私には、そんな気遣いさえありませんでした。私はこれまでどちらかといえば、散髪は面倒なことでした。子どもの頃に、床屋のおじさんから頭を小突かれたいやな記憶があります。自分で散髪道具を買ってきて、やっていたこともありました。ちょっと気に入った理髪店もありましたが数年で廃業してしまいました。低料金のチェーン店も利用したことがありますが、そこは私にとっては全く雑な扱いでした。転居してからも、仕方なく低料金の店に行きましたが1回きりになりました。

妻がお気に入りの美容院で相談したら男性でも全く問題ないということで、それからずっと毎月通っています。美容院がこんなに気分のいい場所だとは予想もしていませんでした。60代まで、美容院という存在とは無縁だったことが惜しまれてなりません。毎月一度の美容院での2時間が、私にとってはなくてはならない特別な時間です。

まだ大切な出会いがありました。娘が見つけてくれた伊那谷のお寿司屋さんも、私には大切な存在です。車で30分くらいのところにある南箕輪村の名店です。海なし県の信州でお寿司と最初は思っていましたが、ネタも新鮮でとにかく美味しいのです。漁港直送の昨今ですから全国どこでも新鮮な魚介類が手に入るかもしれませんが、そこには並大抵ではない苦労があるようです。それと大将の腕が作り出す一貫の握り。誰かが遠方から訪ねてくると、連れていきたくなります。美味しいお寿司を食べてお店を出ると、そこには3、000メートル級の山々が目の前にそびえています。そのギャップにまた話がはずみます。大将には一緒に山歩きにも誘ってもらい、切っても切れないご縁です。ありがたいことです。

信州では松代大本営跡など戦争遺跡の保存活動や、満蒙開拓団始め戦争の歴史を伝え学ぶ活動に出会いました。地元、駒ケ根市にも登戸研究所調査研究会があります。登戸研究所は神奈川県川崎市にあった大日本帝国陸軍の研究所が、戦争末期に長野県他各地に移転して生物兵器や化学兵器などの研究開発を続けていたと言われています。地元高校生の平和ゼミナールの活動がきっかけとなって始まった調査研究を市民が引き継いでいます。私もこの調査活動を微力ですが応援し始めました。

憲法学の権威といわれる芦部信喜（あしべのぶよし）氏の地元での話題にも強い関心を持っています。これは駒ケ根市が氏の功績をたたえ生誕百年を記念して芦部信喜賞を設立し、故郷駒ケ根市の風土や教育文化を広く内外に伝えたいという事業です。それに対し、市議会から事業の進め方に地方自治法上の問題があり、また憲法論議に繋がりかねないと異義が出されました。その後、市長が白紙撤回することになりました。私は行政文書の開示請求をして、その経過に目を通してみました。議会と行政が緊張関係にある市政は素晴らしいと思います。しかし、それとなぜ憲法論議が市の段階で否定的なのかよく分かりません。それは国会はじめあらゆる場面で必要なことだと思います。狭い持ち場感情で避けていくことではないと個人的な感想を持ちました。タブーがはびこる世の中にはなってほしくありません。節度を持って自由に生き、互いにリスペクトできる世界であってほしいと願っています。この先どんな展開になっていくのか、それもまた見続けていきたいと思っています。地元の皆さんとの多くの出会いが生活の変化をもたらし、幸せに暮らしている最大の理由かもしれません。残された時間に何をしていこうかというより、どんなことに出会えるのかが楽しみです。出会えたなら大切にしていこうと、それだけです。

夕陽が沈む時、その残照が仙丈ケ岳をコバルトブルーに浮かび上がらせています。その荘厳な光景の先に永遠の時を想い、生きていることの奇跡を思わずにはいられません。

逝く先を想う

ジョン・レノンの『ビューティフル・ボーイ』の歌詞と、星野道夫さんの友人シリア・ハンターの玄関に掲げられた言葉がほとんど同じだと教えてくれたのは、愛知万博で一緒に活動をしたS君でした。静岡大学の学生だった彼は、名古屋までJRの普通列車を乗り次いで来ていました。何かあるとなぜか思い出す言葉です。

Life is what happens to you while you are making other plans-Celia Hunter『イニュニック』（新潮社刊）

ジョン・レノンの歌詞には、making other plansの前にbusyがあります。

人生はいつも思い描いていることとは別の物語。つくづくそう思います。

真夜中、庭に出て眺める天の川に生命の逝き先を聞いてみました。ここ伊那谷も民家の灯りがすべて消える真夜中、天の川がうっすらと現れます。「すべての存在にいのちがあり、いつかそれは刻まれ記憶と共に銀河の彼方に還って逝く」そんな囁きを聞いたような気がしました。私の存在も、家族の存在も、それはまるで宇宙という超巨大なメモリーに、知らず知らずのうちに残されていく記憶の欠片（かけら）のようです。障害と同行する妻、とりあえずは元気そうな夫。それもまた、ごく普通の夫婦の姿です。二人いっしょの旅を、もう少し続けさせてもらえそうです。

あとがき

ここまで私のささいな記憶を振り返ってきました。どれもこれも私には貴重な経験でした。これまでのすべての出来事が、いつも次の物語の序章だったことに気づかされました。

こんな機会と巡り合えたことを嬉しく思います。妻との出会いから始まってここまでを振り返ることができたのは、これからの新しい二人の関係を見つめ直す道標になりそうです。そんな気がしています。もっともっと深く強い関係が築けそうな予感もありますが、弱く淡い二人で終わってもそれもまた私たちの物語です。

毎日、書き綴ることを楽しんできました。書くことがこんなに楽しいことだったとは、思ってもみませんでした。それはきっと勝手気ままに綴ってきただけだからでしょう。楽しんで書き終えそれが本になるとしたら、そんなことを本当にしていいのだろうかと何度も問いかけています。

ここまで支えてくださった幻冬舎の皆様には、ただただ感謝です。その気持ちを書き残しておきたいと思います。

ある日、Facebookで幻冬舎の広告が目に留まりました。ぼんやりと眺めていたら、何かがじわじわと心の奥から沸き立ってくる気持ちの高ぶりに気づきました。新しい挑戦ができそうな予感でした。早速、資料請求と相談会を申し込みました。

オンラインでの相談会でお世話になった冨岡亜衣さんが、私のぼそぼそとした話し方が気になったのか「元気出してくださいよ」と励ましてくださいました。それと会話のやり取りで出てきた「墓を作るなら本を残す」という言葉が、ずっと心から離れませんでした。「大丈夫です。自分のことを書いてください。それならきっと書けます」その言葉に引っ張られ、少しずつ書き始めました。

ワードで3枚ほど書けたところで、それをメールで送りました。田中さんからご返事と講評を頂きました。「硬いところはあるけど、文章はある程度書けている。テーマに社会性もある」と思ってもいなかったお言葉を頂きました。そして仮タイトルも分かりやすく手直ししてくださいました。

編集者の金田優菜さんには、構成や内容の改善点など書き進めるうえで重要なアドバイスをいただきました。初めての経験の私に、改行、読点のポイント、主語や括弧、用語の統一など分かりやすく指摘してくださいました。校正や本のデザインなど多くの方に関わっていただき、心から感謝しています。皆さんと出会わなかったら、こんな素晴らしい経験はできませんでした。

大江健三郎さんが最後まで貫かれたのも、個人の体験だとどこかで読んだことがあります。当たり前ですがその意味するところも、レベルも、質も、文学的、思想的な価値も全く違いますが、個人の体験を綴ることは何かしら意味のあることかもしれません。それなら、私にも出来そうでした。そして個人的な体験を綴り、思索の冒険をすることは面白く楽しいことだと知りました。私なりに、この先も晩年の記憶と思索のささやかな旅に出かけるのも悪くはないかと思い始めています。この本を作ろうと思った時、そのことを妻に話しました。

「題名は『墓の代わりに本を残す』なの。本のタイトルらしくないけど、立派なお墓はいらないからいいんじゃない。私が死んだら土に還してくれればそれでいい」

妻はさらりと答えてくれました。あまりにもあっさりとした答えで、かえってすっきりしました。

「それじゃ、死後のことは娘に頼んでおこうか」

真顔の私に、

「そんなの嫌がるんじゃないの」

私は確かにその通りだと納得するしかありません。後は笑い声に消えていきました。

最後に、妻へ。

「気の利いた言葉は本当に出てこないけど、迷惑ばかりかけてきたね。いっぱいの辛い思いと少しばかりの喜びしか残せなかったように思う。この先まだ時間が残されているなら、もう少し一緒に楽しんでくれますか。その日が来るまで」

本が手元に届いたら、それを我が家の書棚に1冊そっと忍び込ませようと企んでいます。五木寛之さんが幻冬舎からお出しになった『大河の一滴』のとなりに。

「ひとりひとりの人間を特徴づけ、ひとつひとつの存在に意味を与える一回性と唯一性」（ヴィクトール・E・フランクル『夜と霧　新版』池田香代子訳

みすず書房刊）

個としての存在の一回性と唯一性を生きる支えに、その記憶が永遠であることを覚えて、いつか人生を降りる時を楽しみにして暮らしています。

天竜川に沿ってリハビリ歩行をする妻

〈著者紹介〉
村瀬俊幸（むらせ としゆき）
1954年、愛知県に生まれる。大学卒業後、児童養護施設、三井住友海上火災保険株式会社などに勤務後、早期退職して生物多様性条約第10回締約国会議（COP10）のNGO／NPO事務局、「生活困窮者自立促進支援モデル事業」などNPO活動に参加。
現在、長野県駒ケ根市で妻と暮らす。駒ケ根市地域公共交通協議会委員、同環境市民会議委員。

記憶の旅に栞紐を挿み

2024年2月27日　第1刷発行

著　者　　村瀬俊幸
発行人　　久保田貴幸

発行元　　株式会社 幻冬舎メディアコンサルティング
〒151-0051　東京都渋谷区千駄ヶ谷4-9-7
電話　03-5411-6440（編集）

発売元　　株式会社 幻冬舎
〒151-0051　東京都渋谷区千駄ヶ谷4-9-7
電話　03-5411-6222（営業）

印刷・製本　中央精版印刷株式会社
装　丁　　野口 萌

検印廃止
©TOSHIYUKI MURASE, GENTOSHA MEDIA CONSULTING 2024
Printed in Japan
ISBN 978-4-344-69049-3 C0095
幻冬舎メディアコンサルティングＨＰ
https://www.gentosha-mc.com/

※落丁本、乱丁本は購入書店を明記のうえ、小社宛にお送りください。
送料小社負担にてお取替えいたします。
※本書の一部あるいは全部を、著作者の承諾を得ずに無断で複写・複製することは禁じられています。
定価はカバーに表示してあります。